俺のお
変態かもしれない
―結婚してみた幼馴染、慣れれば慣れるほど
アブナさが増していくようです―
might be
A HENTAI.

Contents

My wife might be **A HENTAI.**

「この本番用の下着、
裕樹なら気に入って
くれるかな……？」

こっそり試着中……

俺のお嫁さん、変態かもしれない2
ー結婚してみた幼馴染、慣れれば慣れるほどアブナサが増していくようですー

くろい

ファンタジア文庫

3178

口絵・本文イラスト　あゆま紗由

My wife might be A HENTAI.

俺のお嫁さん、変態かもしれない

Suzuka　Wife　Childhood friend　Dangerous?

―結婚してみた幼馴染、
慣れれば慣れるほど
アブナさが
増していくようです―

Kuroi

illust. Ayuma Sayu

プロローグ

涼香と結婚してから、早数ヶ月。
今現在、一緒に暮らしているのだが、涼香は俺よりも起きるのが早い。
俺と一緒の時間に起きればいいのに、早起きをする必要はあるのだろうか？
俺が起きるまでの間、涼香はどのように過ごしているのか気になってしまった。
というわけで、涼香が起きたタイミングで俺も起きてみることにしよう。
そんな決意をして、迎えた朝。
「ふぁ～、ねむぃ……」
涼香があくびをしながら起きた。
起きよう、と強く念じて寝たからか、俺の目はすでにしっかりと覚めている。
うっすらと目を開け、俺は起き抜けの涼香を観察する。
「ふふん、ふふん～♪」

涼香はご機嫌に鼻歌を歌いながら、寝室から出ていった。

こっそりと尾行を始める。

俺が見たいのは、ありのままの姿。決して、俺に見られていると意識した涼香ではない。

忍び足で涼香の後をつけ、バレない位置から監視を続ける。

「よっこいしょっと！」

涼香が最初にしたこと、それは洗濯であった。

お風呂場に繋がる脱衣所。そこに置いてある洗濯機に、涼香は籠に入った使用済みの服をポイポイと放り込みだした。

それにしても普通。これはあんまり面白い光景は見られなそうだな。

何か劇的な一面を求めていたので、拍子抜けしていたときであった。

「裕樹の着たTシャツみ～っけ！」

使用済みの服が入った籠から、出てきた俺のTシャツ。

それを喜々として涼香は手に取った。

そして、鼻に押し当てた。

「す～～～～～～～～～～」

う、うわあ……。俺のシャツの匂い、めっちゃ嗅いでるんだが？

匂いを嗅がれるのは、別に嫌なことではない。
でも、なんか気恥ずかしくて背中がムズムズしてきた。
この家に引っ越してきてからは、日に日に欲望に忠実な女の子へ変貌しつつある涼香。
一緒のベッドで寝ているとき、よく俺の匂いを嗅いでくるのも知っている。
だが、ここまでだったとは、思いもしなかったからな……。
「はあ……。満足、満足！　裕樹って、本当にいい匂いしてるよね！　お次は～」
え？　まだ続くの？
涼香はＴシャツでは飽き足らず、俺のパンツを手に取った。
で、鼻に押し付け、クンクンと嗅ぎだす。
「うへへ……。じゅるり……」
よだれまで垂らして、とろけた顔で俺のパンツをクンカクンカと嗅いでいる涼香。
うん、変態だ。ここに変態がいる。
目の前に広がるカオス。
いや、夫婦という関係性を考慮すれば、別にそこまででもない……のか？
好きな者同士とそうでない者とじゃ許容範囲が全然違う。
例えば、彼氏でも何でもない男の子のパンツを嗅いでいたら、それは変態だ。

でも、一緒に暮らしている旦那さんのパンツを嗅いでいても、変態とまではいえない気がする。

ふと、俺は疑問に思った。

俺のパンツの匂いをかれこれ、もう3分以上は絶対に嗅いでいる涼香は——

俺が好きだからこんなことをするのか、もともと変態だからこんなことをするのか。

一体、どっちなのだろう？　と。

さてと、涼香がパンツに夢中な間に、俺はそろそろ退散するか……。

存在を悟られないよう寝室に戻ろうとしたが、大きな足音を立ててしまう。

「だれかいるの？」

「ん、おはよう」

俺は眠そうな寝起きの振りをして、涼香に挨拶をした。

何事も見ていないかのような俺の顔を見て、ホッとする涼香。

そんな彼女が可愛(かわい)くて、俺はちょっと虐(いじ)めたくなってしまった。

「こんな朝早くに何してるんだ？」

「み、見ての通り洗濯だけど？」

涼香は何をおかしなことを言ってるんだと俺を見る。

洗濯機の前ですることは一つだけだろと。

「そりゃそうか」

「そうそう。ただ洗濯しようとしてただけだよ？」

嘘つけ、パンツの匂いを嗅いで楽しんでいただろうが。

俺にバレないように振る舞うあたり、知られるのが恥ずかしい行為だというのは、涼香の意識にしっかりとあるようだ。

俺のパンツの匂いを嗅いでただろ？　と言いたいが、俺はグッと堪えた。

涼香を辱めるための切り札。それを今使ってしまうのは勿体ない。

第1話　俺のお嫁さん、悪い子かもしれない

暑さのせいで過ごしにくい日々が続いている。

夏休みも中盤に差し掛かり、夏の終わりを考えるようになってきた頃のことだ。

結婚して、引っ越して、一緒に暮らし始めてそこそこが経過。

俺と涼香（すずか）はリビングの机の上に、とある共通点を持った物を置く。

水族館で買ったお菓子の残り、涼香が遊びに行った帰りに買ったお土産のお菓子、ホテルで買ったコスプレ衣装、一度も使っていない新品の服などなど。

「これらを見て、涼香はどう思う？」

「あらって感じだね」

涼香は水族館デートの帰りに買ったお菓子の箱を開け、中から取り出して食べる。

もぐもぐと飲み込んだ後、笑ってこう言った。

「美味（おい）しいけど、もう2週間も前に行ったデートのお土産がまだ残っている」

「つまり？」

「買い過ぎだね。いや、なんでまだ残ってるんだろうね。はい、あーん」

涼香はお菓子の封を開け、俺の口へ放り込んできた。

ちゃんと咀嚼して、口の中が綺麗になってから俺は口を開く。

「明らかに買い過ぎだよなあ」

「だよね～。いくら、賞味期限が長いからって、たくさん買い過ぎでしょ」

食べきるのに時間が掛かりそうなほどのお菓子。

次に、俺はホテルで買ったコスプレ衣装を手に取る。

「これも無駄だったよな。その場のノリで買っちゃったけど」

「いや、それは無駄じゃないよ？　だって、私はまだ着て遊ぶつもりだもん」

「え？　あの場限りの特別サービスじゃ……」

「裕樹が喜んでくれそうだからね？」

俺が嬉しそうにするから、まだ出番はあるよ？　と言わんばかりに涼香はニコニコとした顔で、ホテルで買ったコスプレ衣装を服の上から体にあてがう。

「ほら、似合うでしょ？」

「かもな」

「おんや～、なになに、その気恥ずかしそうな顔」

「べ、別に？」

ホテルでコスプレして欲しいと頼めたのは、その場の勢いによるところが大きかった。

よくよく思えば、普通に気持ち悪いというか、お嫁さんにコスプレして欲しいと頼むのって、変態じゃね？　と我に返った。

結果として、恥ずかしくなってしまっている。

どうやら、涼香はそんな俺の気持ちはお見通しらしくニッコリと笑っている。

「コスプレはどけてっと」

机の上からコスプレ衣装をどける涼香。

そう、俺と涼香が今しているのは――


衝動買いした物が、本当に必要あったかどうかの検証だ。


俺と涼香は宝くじを当てて、10億円を手にした。

しかし、涼香は俺を驚かせたい一心で、10億円を一人で受け取りに行った結果。

とんでもない金額の贈与税が生じることとなってしまう。

その贈与税によるダメージを和らげるべく、俺と涼香は結婚した。

ぶっ飛んだ理由で結婚した俺と涼香だが、今は二人仲良く新婚生活を満喫中だ。

楽しい夫婦生活を送るためには、お金も大事。

最近は宝くじのおかげでお金に困ることがなくなったせいか、財布の紐が緩い。

なので、今日は衝動買いしたであろう物を机に広げて、話し合ってみているわけだ。

「次はこれだね。で、この服は着たのかな？　裕樹くんやい？」

涼香が手に持っているのは、俺が買った新品の服だ。

「……着てないな」

サッカー一辺倒だった俺はおしゃれに疎いが、おしゃれな涼香と並んで歩くのを意識して、それなりには格好を付けようとしている。

なので、柄にもないがおしゃれな服、男物のネックレスやブレスレット、おしゃれなスニーカーやら、色々と手を出した。

で、見ての通り使いこなせてないどころか、使えてすらいない。

こっぴどく指摘され、がみがみと涼香に文句を言われるかと思っていたのだが……。

「ここはグッと我慢だね。今回は無駄遣いって言わないであげる」

「いや、無駄遣いと言えば、無駄遣いだろ」

「せっかく裕樹がおしゃれに興味を持ってるのに、ここで待ったを掛けるのは勿体(もったい)ないもん。私はおしゃれな夫とダサい夫だったら、おしゃれな夫の方が好きだし」

「寛大なお嫁さんで助かる」

「でしょ？　さてと、裕樹のことばっかり叱ってないで、私も反省しなきゃだね……」

涼香はテーブルに乗っている漫画を手に取り、申し訳なさそうな顔で白状する。

「同じ巻を買っちゃったんだよ……」

「無駄の中の無駄だな」

ちょっと強めな俺の物言いが気に食わなかったのだろうか、涼香は食い下がってきた。

「そうでもないからね？　ほら、やっぱり売り上げは大事だし」

「そういうもんか？」

漫画好きな涼香の言い分をいまいち理解できない俺は首を傾(かし)げる。

「いやいや、そういうもんだよ。お布施(ふせ)は大事に決まってるよ？　しなかったら、作品は終わっちゃうかもしれないんだよ？」

「お、おう」

「そう、私が余分に買うだけで――」

そして、涼香の漫画についての熱弁が始まってしまうのであった。

♡♡♡

「でね、あの漫画の面白い所は……」

「ストップ。そろそろ、おしまいにしようか?」

拳を握りしめ、漫画について熱く語る涼香に待ったを掛けた。

30分は付き合ってあげたので、さすがにそろそろ止め時だ。

だけどまあ、目を爛々(らんらん)と輝かせ、好きなモノについて語るお嫁さんの姿は、見ているだけでほんわかとした気分にさせてくれる。

なので、ちょっと止めるのが名残惜しい。

「あははは……。ごめんね」

熱が籠っていたのを自覚している涼香は、気まずそうに頬をかいた。

涼香は昔からこうなので、今さらどうってことはない。

「さてと、衝動買いはやめようって話もそうだが、お金はどうなんだ?　このままのペースで使っても大丈夫なのかちょっと心配になる」

「このペースだと、全然使い切れないね」

「へー、まだまだ余裕あるんだな。さすが、10億円」

しかも、今後に増えるお金を一切考慮せずに、こうなのだから恐ろしい。

まとまったお金は下手な投資さえしなければ、手堅く増やせる。

捕らぬ狸(たぬき)の皮算用なので、そこら辺は期待しないようにはしているけどな。

「そういや、どこまで試算してなんだ?」

「どういうこと?」

「ほら、例えば子供が一人いるだけで、使うお金ってだいぶ変わるし」

「なになに? 裕樹は私との子供が欲しいの?」

涼香はニンマリとした顔で俺を見てくる。

夫婦だからか、子供は何人で~と話すことに、妙にリアリティを感じてしまう。

なんだか、ちょっと恥ずかしいな……。

「ふ、二人暮らしに飽きたら、そういう未来もいいのかなって」

「ちなみに、私は今すぐにでもOKだけど……ね?」

今日は外に出かける用事のなかった涼香。

比較的ラフな部屋着で過ごしており、上は薄めのシャツで下は短パン。

そんな彼女はシャツを捲り上げ、柔らかそうなお腹を見せて俺を誘惑してくる。

「お腹を見せびらかして、俺に触られても知らないぞ？」

「いいよ？」

なんて生意気なお嫁さんなんだ。よし、見せてきたお腹を触ってみよう。

涼香のお腹は俺のと違って、柔らかくてぷにぷにとしていて、触り心地が良い。

おへそに指を突っ込んだり、円を描くように撫でてみたり、優しく揉んでみたりした。

時折、くすぐったいのか、『んっ……』と吐息を溢す涼香が堪らなく可愛い。

いつまでも、涼香のお腹を触っていたいところなのだが、ちょっと疲れてきた。

「これで、おしまいだ」

最後にポンと優しく涼香のお腹を叩き、俺は触るのをやめた。

「裕樹の触り方、エッチだったね」

「そうか？」

別にこのくらい普通だろ。

そんな感じで普通に答えたら、涼香は不満げな顔で俺に文句を言ってきた。

「むむっ、からかっても顔を赤くしなくなってきたのが、なんか強者感を出してる感じでムカつくね。裕樹の癖に生意気なって！」

「まあ、ちょっと前の俺だったら、慌てて『ちげーよ！』って取り繕っただろうな」

「ふふっ。そうそう」

「さてと、ちょっと触っただけで、エッチだったね、とか言い出す涼香には罰が必要だな」

俺は再び、涼香のお腹に手を伸ばし、そーっと指を走らせてくすぐった。

すると、涼香は身を震わせ、大きな声で笑い出す。

「あはははは、ちょ、くすぐったいって！」

「俺がエッチな触り方をしてないって認めたら、やめてやる」

「きゃははははは！　んっ、あ、あのっ、触り方は絶対にえ、エッチだったもっ……ん！やめっ、くすぐったくて、し、死んぢゃう、から！」

数分間くすぐり続けた後、俺は満足して手を止めた。

嫌よ嫌よも好きのうち。くすぐったいと言っておきながら、ガチで逃げないなんて、さてはくすぐられるのが好きな変態さんだな？　と思っていたら、涼香は呆れた顔で俺を見た。

「逃げなかったのは、突き指しないようにだからね？」

「あ、はい」

今、俺は右手を怪我(けが)しており、ペンすら握れない。

それなのに左手も駄目になったら、それはそれは悲惨だろう。

「優しい涼香様。この度は、すみませんでした」

「よろしい。では、許す！　でも、ちょっと怒ったから、一つだけ聞いていい？」

「な、なにを聞くんだ？」

「裕樹って、私のこと、好き過ぎじゃない？」

「何を聞かれるか身構えちゃったけど、そんなことか。ああ、好きだよ。お嫁さんのことが大好きで何が悪い」

堂々と胸を張って、何も濁さずに答えた。

すると、涼香は嬉しそうな声を上げてくれる。

「わーい、素直に言ってくれる裕樹大好き！」

涼香はいきなり俺の近くへ寄る。で、子供の頭を撫でるように、俺の頭を『よしよし』と言いながらわしゃわしゃと撫でてきた。少しうざいと感じるが、嫌じゃない。

「バカップル化してるよな俺達……」

「愛ゆえに馬鹿になれるこの時期、私は満喫しちゃう気満々だもんね～。ほれほれ～」

涼香はより激しく、俺の頭を撫でてくるというか揉みしだいてきた。

俺の指摘に対して別にどうってことないと堂々振る舞えるのが、本当に涼香らしい。

「てか、元の話から随分と脱線してるな。そろそろ、話を戻すぞ」

「はーい」

♡♡♡

衝動買い含め、色々な金銭面のことを話し合っていたら、もう夜だ。

お腹も空いてきた中、涼香が今日の夕飯について聞いてくる。

「ねえねえ、今日の夜ご飯はウーパーイーツ頼んでもいい？」

ウーパーイーツとは、簡単に言えば食事の出前サービスのことだ。

ちょっと割高だが、手間を考えれば便利ということもあり、かなり流行(はや)っている。

夜ご飯はずっと涼香の手作り続きであったが、最近はウーパーが多め。

涼香は最近まで家事をテキパキとこなしていたが、どうもお疲れらしい。

「それなら、今日はハンバーガーでも頼むか？」

「いいね。でも、裕樹的には、やっぱり私のご飯を食べたい？」

「いいや、別に」

「そこは食べたい！　って言うとこでしょ。酷い夫だね」

「だって、涼香が楽な方でいいし。最近、ウーパーが増えたのは、ちょっと面倒くさいというか、疲れちゃったからだろ？」

「まあね。気を張り詰め過ぎてたみたいで、めっちゃ疲れた」

今このタイミングだからこそ、俺はハッキリと伝えておくことにした。

「尽くされるのは嬉しいけど、ほどほどにしてくれると助かる。ほら、俺達はギブアンドテイクな関係だろ？」

微笑みながら、尽くしたがりなお嫁さんである涼香にそう言った。

「でも、そういう風に気を遣って貰えると、さらに尽くしたくなっちゃうんだよね！」

テンション高めで俺にぎゅっと抱き着いて、涼香は嬉しさをアピールしてきた。

あざとい。だけど、それがいい。

すりすりと頬を俺の上半身に擦りつけ、媚びを売ってくる涼香。

そんな彼女の頭にポンと手を置いて、撫でてみる。

さっき、わしゃわしゃと撫でられたので、これはお返しである。

「女の子は誰だって、頭撫でられて嬉しくなるわけじゃないからね？」

「とか言ってるけど？」

「えへへ、私は好き！」

あまり頭を撫でられるのに慣れていないこともあり、少し恥ずかしそうな涼香。

嫌なら撫でるのをやめようと思ったが、好評で何よりだ。

「よしよし。張り切り過ぎて疲れちゃったお嫁さんよ。今日はウーパーで楽しような」

「やったね。じゃあ、明日の朝ご飯も簡単にグラノーラでいい？」

「もちろん。あ、そうだ、家事が面倒なら家政婦を雇っちゃうってのは？」

「えー、それはやだ。だって、普通に張り切り過ぎて疲れただけで、家事自体は好きだもん。それにさ、この家は裕樹と私だけの家。見ず知らずの誰かなんて入れたくない」

「確かにな」

俺達は少しばかりの時間、どうでもいい話をして盛り上がった。

♡♡♡

さて、俺に尽くし過ぎるのもほどほどにな、と言ってから数日が経った。

どうも、お嫁さんとしての威厳を見せるべく、相当に気を張り詰めていた反動は、俺の予想に反して大きかったらしい。

今現在、朝の10時過ぎなのに、涼香はベッドの上でスマホを弄っている。

なお、俺も涼香と同じ状況だ。

「そろそろベッドから降りよっか」

「ああ、そうだな」

ベッドを降り、俺達の一日が始まる。

朝ご飯には遅いが、小腹は減っているので二人で買ってある菓子パンをかじる。

ほっぺについてるよ？　と何もついてないのに、相手の頬を擦って遊んだり、ちぎった菓子パンを相手の口に放って食べさせてみたり、と楽しみながらだ。

で、歯磨きをしたり、顔を洗ったり、服を着替えたりして勉強を始める。

だらけるといっても、俺達は受験生。さすがに勉強は頑張らないと、悲惨な未来を辿る羽目になる……。いや、ならないか。普通にお金あるし。

これぞ、金持ちが持つ余裕なんだと実感しつつ、俺は勉強をする。

受験に対するプレッシャーがそこまでないというのが、俺と涼香の強み。

この気楽さは最強の武器で、心にゆとりを与えてくれる。

でも、ゆとりはあるが、大学に合格したい欲は、弱まるどころか強まる一方だ。

特に、最近は楽しいキャンパスライフを夢見ることが多い。

夫婦になって、前にはしないことをし始めた。

だったら、大学生になれば、今までしてこなかった何かが、始まるに違いないと思えるようになったからだ。

まだ見ぬ新しい友達と出会い、一緒に講義を受けたり、サークル活動をしたりする。

免許を取って、涼香とドライブに行く。涼香と一緒にお酒を飲む。

これから起きる変化が楽しみで仕方がない。

「っと、トイレ。トイレ」

少し尿意を催したので、俺はトイレへ。

さて、ここで余談をひとつ。

我が家のトイレ事情は意外と繊細である。

幼馴染(おさななじみ)であった頃から、涼香は意外と匂い、特に悪臭については厳しい。

この家に引っ越してきたとき、涼香は俺に言った。

『裕樹に臭いの嗅がれたくないから、トイレは別々にしたいんだけどいい?』

面倒なときもあるけど乙女チックなところもまた、涼香の可愛い一面である。

というわけで、俺と涼香でそれぞれ別のトイレを使っている。2階が俺、1階が涼香だ。

少し他人行儀な気がするも、涼香が気にしてるんだからしょうがない。

同棲したてのカップルが決めたルールみたいだと思うと、なんか楽しいし問題はない。

「でも、いつまでこれが続くんだか」

疑問を口にしながら、トイレのドアを開けると――


スカートとパンツを下ろし、座ろうとしている涼香がいた。


「あっっ、えっ、ちょっと待って！」

涼香は左手で大事な部分を隠しながら、右手で俺を押しのけようとしてきた。

が、足をもつれさせて盛大に俺の方へ転ぶ。

「おっと、大丈夫か？」

俺は倒れることなく涼香を受け止めた。

ぴったりと俺の体に張り付いたまま涼香は、上目遣いで俺に話しかけてくる。

「み、見えた？」

「見えたな」

清く健全？　な夫婦である俺と涼香。

互いの恥部など見せあったことなどないわけで……。

「あーーーーー。もう恥ずかしくて死にたい……」

涼香は俺の胸元に顔を押し当て、悶え苦しみだした。

涼香は『う～～～』と唸ったり、ひたすらにぐりぐりと俺の胸元に顔を押し当てたり、鼻息をふんすと勢いよく出したりする。色々な方法で、大事な部分を俺に見られてしまった恥ずかしさを表現してくるのが可愛い。

「ほら恥ずかしがってないで、そろそろ離れてくれないか？」

「やだ。今、裕樹の体から離れたらまた見えちゃうもん」

どこか子供らしさを感じさせるような声音で涼香は言う。

しょうがないなと思い目を閉じてあげたら、涼香はそっと俺の体から離れていく。

目を閉じて数秒後。涼香のお許しが出た。

「大丈夫だよ。パンツもスカートも穿いたからね」

目を開けると照れくさそうな涼香が目の前に立っていた。

もちろんスカートもパンツもしっかりと身に着けている。

「で、涼香はなんで2階のトイレを使ってたんだ？」

俺が2階。涼香が1階のトイレを使うルールがある。

なのに、涼香は2階のを使っていたのだ。

「降りるのが面倒くさくて今日は2階のを使っちゃえ！　って感じだね……」

「珍しいな。いつもはちゃんとしてるのに。というか、何で鍵を掛けてなかったんだよ」

「忘れただけ。裕樹もたま～に鍵掛けるの忘れちゃわない？」

「あー、たまに忘れるな。まあ、滅多にないけど」

「でさ、裕樹。えっと、その……」

涼香はぎこちない顔で指をもじもじと動かしながら、何か言いたそう。

長年の付き合いもあるし、涼香が何を言いたいかはなんとなくわかってしまう。

「いいもん見られたし、俺的にはこれからも鍵の閉め忘れを期待してるぞ」

お嫁さんの裸を見て嫌なはずがない。むしろ、嬉しいくらいだ。

だけれどもまあ、それを堂々と言うのはちょっと恥ずかしいな……。

こう、俺はスケベな男だとアピールするみたいでさ。

ならしなきゃいいのに、と思うだろうがそうとはいかない。

今まで見られたことも見せたこともない部分を、涼香は俺に見られてしまった。

俺に残念だと思われちゃったら、どうしようって不安そうだったからな。

「えへへ……。それなら良かった」

ほっと一安心して、いつもみたいに柔らかい顔つきに戻る涼香。

調子を取り戻したのか、俺にとんでもないことを聞いてくる。

「裕樹は私にトイレでしてるところを見られたら、恥ずかしい？」

「普通に恥ずかしいぞ」

「えー、男は堂々としちゃうもんじゃないの？」

「いやいや、そうでもないって」

「それじゃあ、確かめるために私も絶対に裕樹のトイレ覗（のぞ）いてやろっと」

「おい」

「この前、裕樹はギブアンドテイクって言ってたじゃん。恥ずかしいのも、お返ししなくちゃでしょ？」

「そりゃどうも」

「んじゃ、私は面倒臭がらずに1階のおトイレに行ってくるね！」

トイレで用を足せてなかった涼香は、1階のトイレに向かって走って行った。

「覗きにくるか……。まあ冗談だろうな」

そう思っていたのだが、待ち受けていた現実は違った。

ガタッ、ガタガタッッ！

「なんで鍵してるの？」

「普通にするだろ。トイレの鍵くらい」

「覗いてやるって言ったじゃん！　ここは、普通は鍵を開けて待機してるべきでしょ」

「そこまでして、夫のトイレを覗きたいか？」

「覗きたいね！」

このお嫁さん、やっぱり変態な気がする。

まあ、鍵は掛かってるしそのうち諦め……。

「トイレの鍵って、中で人が倒れたとき、救助できるように、外からも開けられる造りなんだよね。こう、爪を引っかければ……」

「ちょっ、おまっ、それは反則だろ」

「あ、開いた」

鍵は開けども、さすがに突撃はしてこないだろう。

そう高を括っていた俺が馬鹿だった。

「こんにちはっと」

普通に入ってきやがった。

いや、お前はそれでいいのか？　女の子として。

「……何か言うことは？」

「裕樹の恥ずかしそうな顔って可愛いよね」

「てか、早く出ていけ！」

ズボンとパンツを下げて便座に座っている俺を、涼香はしっかりとガン見してくる。

そりゃもう、女の子にまじまじと見られるなんて稀なので超恥ずかしい。

そして、涼香よ。お前は、なぜにそんなガン見して平気なんだ？

意外と初心な一面もあるし、ここは顔を真っ赤にするところじゃ……。

「裕樹の裕樹、明るいとこで見ちゃった！　んじゃ、ばいばい！」

涼香は上機嫌にトイレから出て言った。

それにしても、あれである。

「あの反応はどうなんだ？」

男の男である部分を見られた。

果たして、どう思われているのか気になってしまうというのが男という生き物だ。

てか、なんであいつは俺の俺を見て、あんなに余裕あったんだ？

「まあ、今よりも恥ずかしい所を見られたことが、あると言えばあるしな……」

あれは俺と涼香が中学2年生の頃のことだ——

♡♡♡

中学校での日常を終えて、家に帰ってきた俺。

色々と大人になってきた俺の日課。

それはまあ、何とも男らしいと言えば、男らしいもの。

中学生の欲求を侮ってはいけない。中学の入学祝いでスマホを手に入れてからは、お気軽にこなしてしまう。今日も今日とて、滾りを発散していたときであった。

ガタン！　と勢いよく、俺の部屋のドアが開いた。

「やあやあ、裕樹！　久しぶりに家に遊びに来てあげた……よ？」

大きな声で俺の部屋に乗り込んできたのは、幼馴染である涼香。

昔は、よく俺の部屋に出入りしていたが、中学生になってからは、めっきりと回数は減り、ほぼほぼ学校と道端でしか会わなくなっていた。

そんな彼女はというと、何の気まぐれか突然俺の部屋に現れたのだ。

「……」

二人とも無言になり、非常に気まずい空気が漂いだす。

俺は、そそくさと身なりを整えて涼香の方を見た。

「えっと、え、あ、っと」

涼香は口をパクパクとしていた。

さらには、顔も真っ赤だし、目をぐるぐるとさせている。

対する俺は、何を言えばいいのかわからず、茫然(ぼうぜん)と立ち尽くしてしまう。

そんな時間が何秒か続いた後、俺と涼香の取った決断は……。

「よ、よお。急にどうしたんだ？」

「え、あ、ほら、この前、旅行行ったって言ったじゃん？　だから、お土産を渡しにきた」

「そ、そっか。ありがとな」

「う、うん！」

何も見てない。何もなかった。互いにそう振る舞う他ないのである。

が、実際は何かがあったわけで、涼香はお土産を俺に渡すとすぐに家に帰った。

自分の部屋で再び一人になった俺は、ベッドに寝転びながら思い耽る。

涼香に見られてめっちゃ恥ずかしい……。てか、なんだよ、あの顔。

見たことのない涼香の顔。え？　なにしてるの？　という顔で、俺がまさかこんなことをしているんだと、思ってもみなかったと不意を突かれたような顔だ。

俺はとあることが気になってしまう。

涼香も俺のように、こそこそと同じようなことをしているのかな……。

何を考えている俺よ。変なことを考えるんじゃない。

はあ……。明日はどんな風に涼香と顔を合わせればいいんだか。

悩んでいようが、特にこれといって解決策は見つからずに次の日を迎えてしまう。

通学路、俺と涼香は大抵同じ時間に歩いており、出会わない方が稀だ。

家を出る時間をずらそうとしたが、それは俺が過剰に気まずさを意識しているかのようで、さらに気まずくなると思いやめた。

そして、今日もいつも通り、俺は涼香と通学路で出会う。

「お、おはよう。裕樹」

「あ、ああ。おはよう」

俺と涼香は、何だかぎこちない挨拶を交わした。

昨日は何もなかった。どうやら、そうはならないようだ。

俺の隣を歩く涼香との間は、いつもより半歩ほど開いている。

距離以外にもどこかよそよそしい感じの涼香。

そんな彼女の方を見たら、運が悪いことにしっかりと目が合ってしまった。

「な、なに？」

「別になんでもない……」

俺は涼香の元から逃げてしまいたい。すぐにでも、先に行くと言って、中学校までの道を走りたくなった。本当に『先に行く！』と言おうとしたときだ。

「昨日はごめんね？」

申し訳なさそうな声で涼香が俺に謝ってきた。

「な、何がだよ」

「それは、あれを、えっと……」

「……俺の方こそ、変なところ見せて悪かったな」

俺が謝ると同時であった。

先ほどと打って変わりハキハキとした声を上げながら、涼香は俺の背中を叩く。

「はい！　これで、昨日の件はおしまいね！」

俺も気持ちを切り替えなくちゃな。

他愛のない話をしながら、いつも通りにしようと思っていたら——

涼香の目線が、心なしか俺の下半身の方に向いていることに気が付く。

「み、みてないけど？」

「何も言ってないぞ」

涼香は聞いてもいないのにみてないからね？　と言い張る。

その顔は、ほんのりと赤く染まっていた。

♡♡♡

「いや、あのときであれなら、今日の反応はやっぱりおかしいんだよなあ……」

涼香はまじまじと俺の大事な部分を見たのに、やけに落ち着いていた。

腑に落ちないまま、廊下で長考を終えた俺は涼香のいるリビングへ。

「お帰り。遅かったね」

「ん、ああ。ちょっと気になることがあってさ」

「うっそだ〜〜。ただ単に私に見られて恥ずかしくて、うずくまってたんでしょ？」

涼香は俺の頬をツンツンとつつきながら煽ってきた。

「いや、本当に気になることがあったんだって」

「ふーん。ちなみに何が気になってたのかな？」

「意外と涼香は初心なくせに俺のを見ても、わりと余裕そうなのが気になってさ」

「え、そりゃ、寝て……。ううん、なんでもないよ」

「寝て……って聞こえたけどさ。まさか、俺が寝てるとき、勝手に色々としてるとか、そういうのじゃないよな？」

「やだな〜。そんなのしてるわけないじゃん。裕樹の自意識過剰さんめ！」

涼香は綺麗な爪をしている指で、俺を指さしてくる。

ニコニコと誤魔化そうとする涼香の頬を、手でぷにっと押しつぶした。

俺のせいで唇を尖らせている涼香は、バツの悪そうな顔で白状しだした。

「てへ？　裕樹が寝てるとき、色々としてる。たま〜に、だけどね」

「たまにじゃなくて？」

まだ嘘をついていそうなので問い詰める。

「3日に1回」

「本当は？」

「隙あらば毎日！」

テンション高めにカミングアウトされた。

そう、このお嫁さん。どうやら俺が寝ているとき、相当に好き放題しているらしい。

一体、俺が寝ているとき涼香は何をしているんだろうな。

まあ、大体は察しが付く。

この子は、腹筋大好きな女の子だ。寝ているとき、服を捲って堪能しているんだろう。

また、それ以外のこともだ。例えば……。

「俺のパンツを脱がしたことは？」

「えへへ……」

「うん、そうかそうか」

はい、とは言ってはないがよくわかった。

なぜ、さっき俺の俺を見て初心な反応ではなく、堂々としていたのかがハッキリとな！

「勝手にパンツを脱がすのは変態だろ」

「愛ゆえに、愛ゆえになんだよ！　だから、変態じゃないよ？」

「じゃあ、俺が脱がせてると知ったら？」

「エッチで興奮して喜んじゃうかもね！」

「そりゃどうも。で、どうせパンツを脱がしている以外にも何かしてるんだろ？」

こいつが、脱がすだけで終わっているわけがない。

きっと、他にもたくさんの何かをしているに決まっている。

「そこまでは言えないね」

恥ずかしそうに伏し目がちになる涼香。

可愛すぎて何されてても許せちゃう気がする。

「さすがに漫画の参考資料とか言って、パンツの中身を写真に撮ったりはしてないよな？」

それはしてないから！　とツッコミを期待して冗談交じりに聞いてみる。

あれ？　なんか涼香が険しい顔をしてる？

「ま、まっさか～。さすがに、そんなことはしてないよ？」

「うん、してると」

涼香は身の回りで起きたことを、やや脚色して描くエッセイ漫画家を目指している。

果たして、俺のパンツの中身は漫画の資料として必要あるのだろうか？

「他の人に見られたら困るし後で消去な。にしても、結婚生活を始めてから、薄々思ってたんだけど……」

「なになに？」

「いや、言うのやめとく。愛ゆえにって言ってるし、そう思うとわからなくもない」

朝、俺のパンツの匂いを嗅いだり、俺が寝ているとき勝手にパンツを脱がせていたり、そして写真を撮ったりしている。

愛ゆえにと言えば、普通の行動とも言えるので一度は口を閉じた。

でも、やっぱり言いたくなったので言おう。

「涼香って、意外と悪い子だよな」

第2話　好きだからに決まってるじゃん

俺が寝ているとき、涼香に色々とされているのを知ったが、取れる選択は何もない。

やめろと言ったところで、やめないだろうし、そもそもやめさせる気もない。

何も変わらないままだ。いや、ちょっとだけ違うな。

体を洗う際、いつも以上に体をごしごしと擦り体を綺麗にした。

いつもより少し清潔な俺は、夜遅くまで勉強をこなした後、ベッドに潜り込む。

すると、涼香も寝る準備を済ませて俺の隣にやってくる。

「ふは〜、疲れた。今日も勉強お疲れさま」

「お疲れさん。今日の進捗は？」

「普通だね。裕樹は？」

「俺も普通だ」

「そういや、裕樹が寝ているとき、色々としてるのがバレちゃったけど、やめた方がいい？」

「いや、気にしてない」

「えへへ、そっか」

「悪戯されてるのに気が付かないほど、俺って眠り深いの？」

「ん～、朝方は深いね。起きる直前は、本当に寝ぼけてるのか無茶しても平気だよ」

「へー」

「裕樹は寝ている私に何かしたくならないの？」

「後ろめたいからできないな。なんか、卑怯者って気がするし」

「ほんと、真面目くんだね。ちなみに、私はいつでもウェルカムだよ？」

「知ってる。じゃ、おやすみ」

「うん、おやすみ～」

部屋の明かりを小さくし、俺と涼香は眠りについた。

とみせかけて、30分後。

「寝込みを襲うのは後ろめたいけど、襲いたくないわけじゃないんだよな……」

横でぐーすかと、いびきをかきながら寝ているお嫁さんを見た。

キャミソールと短パンだけで、結構きわどい格好だ。

「俺もされてるんだ。今日は寝ている涼香を好き放題にしてやる」

悶々（もんもん）として眠れそうにもないので、俺は爆睡中の涼香に悪戯を決行することにした。

後ろめたさこそあれど、欲には勝てない。それが男のさがだ。

キャミソールを捲（めく）って胸を見てやろう。

あわよくば、この前トイレで見てしまった下の方もしっかりとだ。

寝ている涼香を起こさないように、服を捲っていくと……。

胸の下あたりに、でかでかとマジックペンで文字が書かれていた。

『裕樹のえっち♡』

「ぷっっっ！　こいつっ……」

必死に笑いを堪（こら）える。

俺の行動はどうやらお見通しだったらしい。

「てか、こんなにでかでかと書くか？」

お嫁さんのお茶目な行動が、俺の悶々とした気持ちをスッキリとさせていく。

またの機会に胸を見てやる。今日は涼香の読み勝ちで俺の負けだ。

このまま胸を見ても、負けた気しかしない。

「おやすみ」

いびきをかいて爆睡している涼香にそう言って、俺は目を閉じた。

♡♡♡

次の日の朝。

俺が寝ているとき、涼香に悪戯されていると知ったせいか、早起きをしようと思ってもいないのに、少しだけ早く目が覚めた。

今日も弄ばれたのだろうか？　そう思って、横にいるお嫁さんを見る。

すると、まだベッドの上で、俺の隣に横たわっている涼香と目が合う。

「んふふ♪」

涼香は嬉し気に鼻で笑った後、唇を舌でぺろりと舐める。

唇はてかり妖艶さを放つ。

ちょっぴり、エッチな雰囲気を醸し出している涼香に、俺はドキドキしてしまう。

「今日も何かしたのか？」

「さあね？」

ニコッと笑う涼香。

涼香に何をされたか、手掛かりが残っていないかと思った俺は、自分の体を調べる。

するとまあ、左手の人差し指と中指だけが、お風呂上りのようにふやけていた。

「俺の指に何をしたんだ？」

「しゃぶってた」

「え、なにしてんの？」

「男の子の手って最高だよね。こう、女性の手と違って無骨な感じとか、血管が出てるとか、指が太いとか凄く良くない？」

腹筋を語るときと同じくらい、キラキラした目で俺の手を見てくる涼香。

どうも涼香は、ここにきて新しいフェチに目覚めてしまったらしい。

「涼香って何でも好きになるよな」

「凄いでしょ？」

得意げな顔をする涼香。

いや、別に褒めたわけじゃないんだが？

「で、なんでしゃぶったんだよ」

「え、好きなものって口に入れたくならない？」

「ならねえよ！　この、変態め」

「男が女の子のおっぱいを舐めたいのと一緒だって」

「そ、そう言われると反論しづらいな……」

確かに、変態と言うのには生ぬるいなと思っていたときであった。

「おかわりしちゃお～っと」

涼香は俺の指を再び咥えて、吸ったり、舌で舐めたりしてくる。

指先に広がる何とも言えない感触。

ちょっと変な気分になりつつも、俺は涼香に気になっていたことを聞いた。

「俺が好きだからこんなことをするのか？　それとも、もともと変態だからこんなことをするのか？」

俺の質問に答えるべく、涼香は指をしゃぶるのをやめる。

そして、照れくさそうな顔で俺に答えてくれた。

「えへへ……。裕樹が好きだからに決まってるじゃん。もともと変態だったら、結婚する前から、裕樹にもっと悪戯してたからね」

言われてみればそうだ。

涼香が変態な行為を頻繁にするようになったのは――

俺と結婚してからだもんな。

第3話　サキュバスなお嫁さん

「届いた。届いた！」

　うきうきで段ボール箱を持っているお嫁さんは、意気揚々と開封しだした。

「コスプレ衣装買っちゃった！　裕樹がして欲しいって言うから、しょうがないよね」

「本音は？」

「コスプレするの楽しい！」

「あのとき、ノリノリだったもんな」

　ホテルでコスプレした涼香は楽しそうだった。

　俺を喜ばすためを抜きにしても、本当に満喫していたのは記憶にハッキリと残っている。

「私のオタク的なコレクター精神の部分が疼いちゃってね。出来の良さそうな衣装を見つけちゃったから、ぽちっと注文した」

「へー。ちなみに、なんの衣装を買ったんだ？」

「裕樹の知らない漫画のキャラ」

「漫画のコスプレなんて物もあるのか」

「え？　むしろ、コスプレって言ったら、こういうのを言わない？　さてさて、クオリティはどうかな～っと」

段ボール箱に詰められた衣装セットを、涼香は喜々として取り出していく。

衣装は光沢感のある黒のレザー生地で作られており、胸と股間を隠すには非常に心もとない下着のような形だ。

そして、付属品は、耳、尻尾、羽根、ガーターベルト、二の腕まであるロンググローブ、ロングヘアのウィッグだ。

「それってなんのコスプレなんだ？　というか、エロくね？」

「『サキュバスちゃんのお気に入り！』っていう漫画のヒロインである『紗季(さき)』ちゃんのサキュバスフォームのコスプレ。そりゃ、エロくなくちゃ」

「お、おう？」

「ちなみに、アニメ化もされてるね。これがまあ、エロ可愛(かわい)い子でね！　でへへ……」

涼香の頬はだらしなくて、よだれも垂れかけている。

『サキュバスちゃんのお気に入り！』か……。

今まで一度も涼香が俺に勧めてきたことのない作品だな。

「衣装を買うくらい好きなのに、俺に布教したことがないのはどうしてなんだ？」

「エッチなラブコメだからね！　裕樹ってスポ根系かバトル系以外あんま食いつきが良くないんだもん。あ、試しに読んでみる？」

涼香から『サキュバスちゃんのお気に入り！』という漫画を借りて読んでみる。

ジャンルはエッチなラブコメで、ヒロインがサキュバスっていうのが特徴だ。

ヒロインである紗季ちゃんは童貞を死守しようとする主人公に出会い、一目惚れ。なんとしてでも主人公を落としてやる！　と頑張るお話だ。

主人公とサキュバスのヒロイン紗季ちゃん、二人の視点から描かれるラブコメである。

40分くらいで俺は1巻を読み終える。

漫画をパタンと閉じると、涼香がワクワクとした顔で俺に感想を聞いてきた。

「あ、読み終わった？　で、どう？」

「そうだな……」

めちゃくちゃに面白かった。いや、良かったというべきか？

涼香と結婚をしたせいか、最近は強く恋愛を意識するようになっている。

それがゆえに、めちゃくちゃに刺さった。

「ねえねえ〜、感想は？」

「わ、悪くなかった」

「ほら、やっぱり食いつきがよくな……って、え？」

「こういう作品もいいなって」

「わお、珍しいね。裕樹がそう言うなんて」

「恋愛ってものが、身近な存在になったから……」

「普通逆でしょ。恋愛に興味がある人で、実際にはできないから、漫画やアニメとかで疑似的に体験したい！　そんな風に読んでいる人がほとんどだよ？」

俺が興味を示したのが嬉しくてしょうがないのか、涼香はぐいぐいと俺に迫ってくる。

「で、どこが良かったの？」

「ヒロインが可愛く迫ってくるところだな。主人公に意識させようと健気に頑張ってるところが素晴らしかった。しかも、その手段が結構エロくて、こう、男心にグッときた」

「わかる。そこ最高だよね！　女の私から見ても刺さるし」

涼香が買ったばかりの、紗季ちゃんがサキュバスとして活動するときの際どいコスプレ衣装に目を向けながら俺は言った。

「にしても、よくそれを着る気になったな」

「着ないよ？」

「え、着ないの？」

俺達は互いに何を言ってるのって顔で向き合う。

いや、コスプレ衣装って着るものじゃないのか？

「これは観賞用だよ。マネキンに着せて楽しむために買っちゃった」

「……へー、そういう楽しみ方もあるんだな」

「だって、こんなにもエッチな衣装を現実で着ちゃうのは恥ずかしいじゃん」

「確かにな」

「もしかして、私が着ると思って期待しちゃってたの？　裕樹がどうしてもって言うなら着てあげよっかな～、なんてね？」

むふふという顔で俺の顔を覗き込んでくる涼香。

き、期待してなかったといえば、嘘になる。

下手な勝負下着よりも煽情的で、魅力的なデザインをしているんだから。

「と、ところで、それはいくらしたんだ」

「……」

すんと言葉を失い、静かになった涼香を見て俺は悟った。

これ、絶対に高いやつだ。

「いくらしたんだ？」

「……万円」

「聞こえない」

「ウィッグ込みで３万円しちゃった。てへ？」

笑って誤魔化そうとした涼香。

そんな彼女の頬をぶにっと手で押しつぶしながら、俺は圧を掛ける。

「衝動買いはやめましょう。無駄遣いはやめましょうって話をしたばかりだったよな」

「ぶ～～～～」

俺に頬を潰されている涼香は、ぶぶぶっと唇を震わせて不服そうな顔をする。

ムカつくどころか、なんか可愛い仕草のせいで普通に許したくなってしまうが……。

俺は心を鬼にして涼香を問い詰める。

「何か言うことは？」

「このくらい、いいじゃん。大事にするもん。これは必要なものだもん！」

「というか、なんでそんなに高い。ホテルで買ったのはもっと安かっただろうが」

ホテルで涼香が着た衣装は、どんなに高くても1万円もしなかった。

それなのに、今回は3万円。付属品が豪華にしても、ちょっと高い気がしてならない。

「公式の手が入ってるグッズだからね」

「そのうち熱が冷めていらなくなったら、後悔するぞ?」

「私はそうならないもん」

「……はあ。まあ、大目に見てやるか」

涼香は物を大事にする子だ。

きっと、3万円もしたコスプレ衣装のことを愛しているし、大事に飾るのは間違いない。

飽きたからと言って、無造作にぽいと捨てるようなことは絶対にないだろう。

そう、おしゃれなインテリアを買っただけだ。

頭ごなしに無駄無駄無駄!　と言うのはおかしい。

それに、お金には余裕がある。なかったら、無駄遣いするな!　と怒ったところだが
……。

このくらいで、一々、目くじらを立ててもしょうがない。

「わーい、ありがと。裕樹、大好き!」

「程々にしとけよ？」

「うん、そこら辺は理解してるって」

なんてことがあった２日後のこと、涼香宛に荷物が届いた。

「何買ったんだ？」

「大学受験用の参考書だね」

「参考書なら、俺にも見せてくれるよな？」

涼香が持っている段ボール箱を没収する。

中身を開けると、そこから出てきたのは参考書じゃなくてコスプレ衣装だった。

「これは？」

「『サキュバスちゃんのお気に入り！』のヒロインである紗季ちゃんの衣装バージョン２！」

「大事にするか？」

「うん、超大事にする」

しょうがないので、許してあげた。

そしたら、次の日。

また、涼香はコスプレ衣装を買っていた。

ちなみに、衣装を飾るための大きなマネキンもセットである。

「……何か言うことは？」

「これは、紗季ちゃんのライバル、ヴァンパイアである金髪碧眼（へきがん）のイアちゃんの衣装だよ」

「値段」

「これも、諸々（もろもろ）込みで3万円。あと、マネキンは2万円」

「さすがにポンポン買い過ぎじゃね？」

「だ、だって、欲しいじゃん。お金あるんだし、今まで欲しくても我慢してたんだもん」

「まあ、欲しい気持ちはわかるけどさ。もうちょっと考えような。今日は許すけどさ」

「……うん」

しゅんと落ち込む涼香。

お金もあり、買える余裕もある。が、ペースが不味（まず）い。

これから毎日、こんな感じではないだろうけど……。

ちょっとこれは不味い気がした俺は、即座にとある助っ人（すけっと）に電話を掛けた。

「おばさん。涼香の金銭感覚がズレてきてるんですけど……」

『まあ、大変ね。それじゃあ、後でお説教しに行くわね』

「お願いします……。俺、甘々(あまあま)なんで許しちゃうと思うんで」

『ええ、涼香のことなら私に任せなさい』

「それじゃ、おばさん。お願いします」

『今日の8時頃、そっちに顔を出すわね』

♡♡♡

「こんばんは裕樹君。元気してる？」

いまだに若々しくて、スタイル抜群な涼香の母親が我が家に来た。

これで何回目だ？　わりと来ているので普通に回数を忘れたな。

ま、今はそんなことどうでもいい。

俺は、涼香が好きな漫画のキャラのコスプレ衣装を、ポンポンと買いまくっていることを、おばさんに伝える。

「なるほどね。金額はまあ、あなた達からしてみれば、そこまで痛い金額ではないでしょうけど、確かに危ない傾向ではあるわね」

「だと思って呼びました」

「お金は大事よ。特に、あなた達は貯蓄こそあれど、収入はないもの。それなのに、お金を気にせず使うのは非常に不味いわね。稼げる人が稼ぎながら、お金をたくさん使うのと、今まで貯めたお金や、運よく懐に入ったお金をたくさん使うのは話が全然違うのよ?」

「お母さんがそれっぽいこと言ってる」

「酷い娘ね。私は、あなたが思っている以上に、お金についてはよく考えて生きてるのよ?」

「えー、でも、家計簿とかつけてるの見たことないけど?」

「つけてるわよ」

「本当に?」

涼香が訝しげに聞いた。

そしたら、おばさんは失敬ねという顔をする。

「子供の見えないところでやるに決まってるじゃない。お金の心配をさせたくないもの」

親のちょっとした真心に触れた涼香は、しんみりとした顔で言う。

「お母さんの老後はちゃんと面倒見てあげるからね」

「ふふっ、大丈夫よ。お父さんの収入だけでちゃんと生きていけるわ。さてと、話が逸れたから、もう一度最初からね。裕樹君、改めて説明してくれる?」

「えっと、実はここ1週間で……」

俺が1週間でコスプレ衣装に10万円近く、涼香が費やしたことを話すと、おばさんは注意のために少し声を張って涼香を叱る。

「ダメとは言わないけど、もうちょっと考えてお金を使いなさい」

「はい……」

「今は、コスプレ衣装だけども、興味の対象が、宝石、ブランド物、アクセ、もっと高級な物に向いちゃったら、すぐにお金を使い切っちゃうわよ？」

「うん」

しっかりと反省する涼香。

これはおばさんを呼んで正解だったなと思っていたら――

「裕樹君も、涼香がダメそうなら、ちゃんと叱りなさい。なにも、優しくしてあげるのだけが、夫の役目じゃないのよ？」

「……すみません」

「でも、自分で叱ったり、強く言えなかったりできないから、私に言うのは正解よ。本当に困ったら、これからも頼って頂戴ね」

優しい目で、俺のこともしっかり見てくれる義母の存在。

俺って本当に恵まれている気がする。

「ありがとうございます。おばさんのこと、これからも頼らせてください。あ、もちろん、自分でも頑張りますけど」

「ええ、頑張ってね？　さてと、説教臭い話はおしまいにしましょ。ご飯はまだよね？」

大き目のカバンから、幾つもの料理が入ったタッパーを取り出したおばさん。

わざわざ俺達のために、食事を作って来てくれたらしい。

ほんと、頼もしい人だ。

そして、頼れるのはおばさんだけじゃないようだ。

「そうそう。裕樹君のお母さんから、二人にこれを渡してって持たされたんだったわ」

健康祈願、合格祈願のお守りを俺と涼香はそれぞれ受け取った。

で、何故か俺にはもう一つおまけがあった。安産祈願のお守りだ。

いや、普通は涼香に渡すべき物じゃ……。

「あ、この手紙もセットで渡してって言われたのよね」

おばさんから母さんからの手紙を受け取った。

我が息子へ。

涼香ちゃんはまだ若いです。

安産祈願のお守りが、本当にお守りにならないように気を付けてくださいね。

母より

「ったく、母さんらしい心配だな」

周りの大人は、まだまだ小さい俺達を今日も心配してくれている。

♡♡♡

おばさんが帰った後、リビングのソファでくつろいでいると、涼香がしょんぼりとした顔で俺の方へ近寄ってくる。

「ごめんね。最近の私は羽目を外し過ぎてたみたい……」

「気にするなって。別に、ブランド物のバッグとか、高い宝石とかじゃないんだしさ」

金額でみれば、実は大した話ではない。

ただ、これから大した話に発展する可能性が大きかったってだけだ。

「ねえねえ、裕樹。何か買うときは相談するね」

「あ、買うのはやめないんだな」

「うん、欲しいものは欲しいからね」

こいつ、反省してるようで、反省してないのでは？

コツンと俺は拳を涼香の頭に落とした。

「あたっ。なんで、叩いたの？」

「すぐに調子に乗って、たくさん買いそうな気配を感じた」

「もー、反省してるって！」

「とうっ」

もう一度、優しく叩いておく。

おばさんの言う通り、何でも許しちゃだめで、叱るのも俺の役目だ。

「叩かれると、裕樹の愛を感じるね」

「叩かれて喜ぶな。この、変態」

「だって、本当に嬉しいもん」

「これじゃダメだ。もっと、涼香が反省するような、叱り方を考えないとな……」

俺は顎に手を当て、少し考えた。

今回の件で、涼香をちゃんと反省させられる方法がないかと。

少しばかり時間が過ぎていき、まだ〜？　と涼香に催促される中、俺は思いついた。

コスプレ衣装の衝動買いを防げる最強の手段だ。

「よし、決めた」

「え、なになに？」

「コスプレ衣装を買うのなら、観賞用でも、ちゃんと一度は着るのが条件だ」

最近涼香が買っているコスプレはエロ系統。

そして、観賞用であり、一度も身に着けたことはなし。

欲しければちゃんと着なくちゃいけないとなると、多少は買うのに待ったが掛かるはず。

ま、エロ系統の衣装じゃなきゃ、この方法は成立しないけど。

「……裕樹のエッチ」

「何が」

「だって、欲しいのなら、私にエッチな衣装を着て見せろってことでしょ？」

「確かにそうなるな。まあ、じょ――」

冗談だと言い切る前に、涼香に言葉を遮られた。

「えへへ、実はこんなエッチな衣装はさすがに下品だって、裕樹にドン引きされちゃうかなって、心配で着れなかったんだよね」

「え？　本当は着たかったの？」

「うん！　裕樹からお許しが出たし、早速着てみよ～っと」

足取り軽やかに涼香は去って行った。

そして、20分後。俺の目の前に、サキュバスのコスプレをした涼香が現れた。

涼香が身に纏う服？　は布面積小さめの光沢感のある黒のレザー生地でできた水着の上下セットみたいな衣装。それに加え、ガーターベルト、ロンググローブ、サキュバスっぽい羽根、耳、尻尾を身に纏い、髪型はウィッグを使ってロングヘアにしている。

「どう、似合う？」

くるんと俺の目の前で、涼香は自分を見せつけるために1回転。

涼香の穿いているパンツは小さい。ゆえに、いつも以上にお尻が丸見えだ。

加えて、衣装のサイズが小さいのか、ちょっと浮かび上がるお肉が艶めかしい。

「エロ可愛いな。そして、あれだ」

「え、なになに？」

「俺以外には絶対に見せないでくれよ？」

「うん、見せないって。にしても、裕樹。明らかに顔が赤いね」

おやおや、どうしたの？　と生意気な顔で俺を見てくるサキュバスな涼香。

エロ可愛いんだからしょうがない。ウィッグも付けて、明らかにいつもと雰囲気が違うしで、本当に理性が持たなくなりそうだ。

俺は無様にも怪我をし、ギプスで固定されて不自由な右手を見やる。

くっ、これさえなきゃ、今すぐにでも襲えるのにな……。

涼香との初めてはバッチリ決めるという男のプライドが、俺の行動を阻んでいる。

そんな俺の考えは、見透かされているようで涼香は悪そうに笑って俺に近づいてくる。

「サキュバスだし、男の子を襲わなくちゃね！」

「おまっ、それ以上近づくなって。俺が逆に襲っちゃうからさ。な？」

我慢している俺に涼香はがばっと抱き着いてきた。

「いただきま～す♡」

涼香は俺の耳をあむあむと優しく甘噛みしてきた。

痛いというほどではない、心地のよい痛み。耳に掛かる少しくすぐったい涼香の鼻息。

そして、涼香の唾液に塗れていく耳全体。

それを享受している俺は、今にも情けない声を出してしまいそうだ。

必死に耐えること数十秒後。

涼香は耳を噛むのに満足したのか、俺の耳元で妖艶な感じで囁く。

「ごちそうさま♪」

やっと終わった。なんとか、理性を保ったまま耐えきったぞ。

早く右手が治って欲しいと、俺は切に願うのであった。

♡♡♡

「危うく理性が崩壊しそうになったんだが？」

エロい衣装を着た涼香に襲われたが、何とか我慢しきった俺は涼香に文句を言った。

もう、本当にきつい。これは、俺への精神的ＤＶじゃなかろうか？

「ちぇっ、今日も裕樹の勝ちか〜」

「俺の勝ちって……。あれか、俺の理性を崩壊させる遊びでもしてんの？」

「うん！」

「……お、おう」

「えへへ、楽しみ〜。右腕が治るまで本当に耐えるか、それとも途中で、我慢できずに私を……。きゃっ♪」

楽しんでるなこいつ。まあ、俺も楽しいからいいけどさ。

　ほんと、あれだ。俺達にしかできないおふざけである。

「そういや、夫婦になる前にあったはずの『過程』を取り返したいって話を、すっかり忘れてるのを思い出したんだけどさ。次はなにしたい？」

「すっ飛ばした過程である、デートと告白は経験済み。ぶっちゃけ、次は……エッチじゃない？　もう、裕樹のすけべさん！」

「いや、キスじゃね？」

「あ、そっか」

　涼香はポカンとした顔をする。

　キスを忘れていた涼香がちょっと面白くて、自然と俺は笑ってしまう。

「ぷっ、おもしろいお嫁さんめ。で、ファーストキスはどうする？」

「思い出になる場所でキスしたいね！　例えば、夜景の綺麗なホテルとか、海辺とか、あ、観覧車の中ってのも良さそうじゃない？　ん～～～、楽しみ！」

　ロマンチックなことが大好きな涼香。

　夫婦と言えど、初キスはちゃんとした思い出にしたいのか、妄想が止まらなくなっている。

「ハードル上げるな……」

「せっかくなら、最高に楽しみたいじゃん」

きっとファーストキスなんて今すぐだろうが、涼香は喜ぶだろう。

たとえそうであったとしても、俺は凄(すご)く喜ぶお嫁さんが見たい。

「任せろ。思い出になる最高の舞台を用意してやる」

俺は意気揚々と胸を張った。

第4話　不憫な義妹がやって来た

涼香は買い出しのために、近くのスーパーマーケットへ行こうとしている。

「やっぱり、俺も一緒に行こうか？」

「ううん、今日のお買い物は少な目だから私一人で平気。それじゃ！」

スーパーへ買い物に行く涼香を見送った俺は、リビングのソファでくつろぐ。

夏休みはあっという間に過ぎ去っていき、残すところは10日。

学力こそ向上したが、受験生の夏休みは去年に比べて見劣りするのは明らか。

が、これは将来への投資。今ここで、頑張れば頑張るほど、未来が拓けると、俺は思う。

来年こそは色々と涼香と遊びに行きたい。海、温泉、山、川、行きたいところが山ほど出てくるな……。

夏休みの終わりも近づき、ソファに座りながら色々と思い耽ってしまう俺。

そんなとき、ピンポーンと我が家に来客を知らせるチャイムが鳴った。

誰がやって来たのか玄関カメラを確認すると、そこには一人の女の子がいた。

出迎えるために玄関の鍵を開け、外に出ると同時であった。

「あ、裕樹(ゆうき)くん。お久しぶりです。ちょっと用があったので遊びにきちゃいました」

髪はポニーテール。スカートの下にスパッツを穿(は)いていて、走るのに向いた胸。気が強そうに見える目をしていて、実際に気が強い子。

そう、来客者は涼香の妹の冬華(とうか)である。

今年から高校生になり寮暮らしを始めた結果、滅多にお目に掛かれないレアキャラだ。

「久しぶりだな。まあ、上がれよ」

「それじゃあ、お邪魔しますね」

いきなり、どうした？　と聞くほど、俺は野暮な男ではない。

リビングまでの廊下を歩いている冬華は、きょろきょろとあたりを見渡して俺に聞く。

「こんな凄(すご)い家に二人で住んでるんですか？」

「ちょっと奮発した」

「ぇぇ……。ちょっとどころか、かなり奮発しすぎだと思います」

「で、ここがそんな奮発した家のリビングだ。涼香は今、買い物に行ってる」

リビングに辿り着くと、冬華は口をポカンと開けて驚いた。

「……広い」

「ソファにでも腰掛けてくれ。今、お茶を用意するから」

「あ、はい」

我が家の雰囲気にビビっている冬華はソファには座らず、ローテーブルの前に正座した。

外はまだまだ暑く、きっとここに来るまで大変だったことだろう。

冷たい作り置きのお茶を冷蔵庫から取り出してコップに注いであげる。

「で、今日はどうしたんだ？」

ローテーブルにお茶を置いたと同時に本題に入る。

いきなりやって来たのには、何かしらの理由があるはずだ。

冬華はわなわなと体を震わせ、大きく叫んだ。

「いや、あれから何もないっておかしくないですか！」

何を言ってるんだ？

超能力者でもないし、人の考えなんて読めない俺は、冬華の言うことがわからなかった。

「私と裕樹くん、そしてお姉ちゃんとの三角関係的なラブコメイベントが全く起きないっておかしいですよね！！！」

「ああ、そういうことか」

前会ったとき、冬華は涼香に対し、隙を見せたら俺を奪ってやると言っていた気がする。

あれから数週間が経った今。何か起きたかと言えば、何も起きていない。

「本当に何もないって、どういうことなんですか？」

「会う機会すら、ないからじゃないか？」

「はい、わかってます。わかってますよ……」

冬華は泣きそうな感じで、ローテーブルにぺたんと顔を突っ伏した。

「逆に、本当に何か起きると思ってたのか？」

「まあ、心の奥底では理解してましたよ。でも、こうもっと何か、裕樹くんとお姉ちゃんの間に、私が割り込む何かがあっても良いと思うんですよぉ……」

「いや、いい。そんな波乱の展開いらない」

「うわあああああん。この人でなし！」

よしよしと、子供をあやすかのように背中をさすって慰める。

冬華はショックを受けている様子を見せているが多分違う。

長年の付き合いが、冬華はふざけているだけだと教えてくれている。

「で、実際のところ、俺達の間に割り込む気はあるのか？」

冬華は先ほどまでの態度が嘘だったかのように、すんと落ち着きを取り戻す。

「いえ、ないですよ。正直、お姉ちゃんが勝ち組過ぎて悔しくなっただけで、裕樹くんを奪ってやる！　とあの場では言っちゃいましたけど……」

冬華は溜めに溜めた後、冷静沈着に告げてきた。

「既婚者に手を出すって頭おかしいのでは？　さすがに、幸せな家庭をぶっ壊すほど、私は最低な人間じゃありませんからね。あと、別に裕樹くんが好きだったのは昔の話なので」

「だと思った。冬華って普通にいい子だもんな」

「それにしても……。本当に二人は夫婦になっちゃったんですね」

生活感の出てきたリビングを見渡しながら、冬華は興味深そうに俺に聞く。

「まあな」

「贈与税が掛かるからって、いきなり結婚します？　いえ、しませんよね？」

「そうは言うけどなあ……。じゃ、冬華はどうすれば綺麗に丸く収まったと思う？」

「そ、それは……。えーっと……」

結婚というどうしようもなく雑で強引だった俺と涼香の贈与税問題の解決手段。

しかし、考えれば考えるほど、中々に他の良い方法が見つからないのだ。

「ま、俺達が結婚したことについては置いといて。冬華はなんで、ここに来たんだ？」

「じ、実はですね……」

冬華はもごもごと口を動かすだけで、中々言葉を発さない。

急かさずに、じっと待ってあげる。

覚悟を決め、すーと息を吸って、大きく吐いた冬華は俺に告げた。

「私、今通っている学校を辞めることになりました」

「いやいや、俺と涼香の間に割り込むために、学校まで辞めるのか⁉」

「違いますって！　そもそも、さっきも言いましたけど、別に裕樹くんとお姉ちゃんの間に無理矢理割り込む気なんて、微塵もないですからね？」

よ、良かった。俺への未練を拗らせ、結婚した俺と涼香の仲に割り込むべく、学校を辞めるとか言われたら、本当に慌ててしまう所だった。

ホッと胸をなでおろしていると、冬華は説明を続ける。

「まあ、あれです。普通に、のっぴきならない事情があって、通信制の学校に編入することになったのをご報告しに来たわけです」

気まずそうに笑っている冬華は、順を追って説明をしてくれた。

事の発端は、陸上部のコーチによる生徒へのセクハラ。冬華がセクハラをされていたわけではない。されていたのは冬華の友達だそうだ。

冬華は苦しんでいる友達を見過ごせなかったらしく、証拠を集めて学校からコーチを追い出した。

それがダメだった。

コーチは優秀であり、部内で慕っている者も非常に多かった。

何故(なぜ)か、冬華のことを逆恨みする人が現れたのだ。お前のせいで、コーチは出ていったと。

良いことをしたのに、何故か悪者扱いされた冬華。

学校内どころか、住んでいる寮内でも嫌がらせをされるように。

そして、冬華はもう学校に居場所はないと通信制の学校に編入を決めた。

事の経緯は簡単に説明するとこんな感じだそうだ。

「俺よりもヘビーなのを味わってるな」

サッカー部で俺が受けた仕打ちなんか甘いとさえ、思えてしまう事件。

冬華の代わりに、嫌がらせをしてくる奴らを懲らしめたい気持ちでいっぱいになる。

「まあ、もう終わったことですし」

冬華は涼し気な顔で俺に言った。いつもの気の強い冬華らしいが、だからと言って、はいそうですか、で終わらせる訳にはいかない。

「もっと早くに教えてくれても良かったのに」

「そうでしょうか？　裕樹くんも部内で嫌がらせを受けて、それをお姉ちゃんにずっと黙ってたって聞いてますけど？」

「言いたくても言えないか」

「ええ、そうです」

見栄、プライド、誰しもがそれを捨てきれない。

自分は虐められたり、嫌がらせされたりするような弱い人間じゃない。

周りに自分が惨めな存在だと伝えるのが、悔しいからだ。

つい最近、俺も経験した。

全てを包み隠さず正直に話すことができる人なんて、ほぼいない。

「とりあえず、お疲れさん。てか、敬語キャラって、嫌がらせとかで強要されて……」

実のところ、高校入学前はもっとフランクな喋り方を冬華はしていた。

よくある嫌がらせとして、『何、ため口つかってんのよ！』と理不尽な叱責を受ける。

それで、こんな身内にも『ですます調』を使う女の子になってしまったのなら心が痛む。

「いえ、これは単にキャラ変です。高校デビューにあわせて変更しました」

「本当に冬華が自分の意志で変えたのか？」

「はい。どうでしょうか、前よりもお淑やかないい女に見えますか？」

「悪くないと思う。まあ、ちょっと堅苦しい気もするけど」

「いえ、このくらいがちょうどいいんですよ。どうせ、社会に出たら、上司やら、取引先の社員に対して、おべっかを使わなくちゃいけないんですから」

「捻くれてるな」

「あ、おまけ程度ですが、話し方を変えたら、裕樹くんが私を異性として見てくれないかなってのも、理由の一つですね。今もそうですけど、裕樹くんって完全に私を妹に見てますし」

「ん？　なんで女の子に見られたいんだ？」

冬華はもう俺のことを好きじゃない。

なので、別に女の子として見られる必要はないはずだ。

「なんかムカつきません？　お姉ちゃんは幼馴染で、私は妹みたいなもの。一応私も区分的にはちゃんと幼馴染なんですよ？」

冬華は呆れたような声で俺に言った。

冬華を尻目に、どこで涼香と冬華に差が生まれたのか考えてみた。

うーん。やっぱり、冬華のことを涼香が可愛がってなかったから？

小さい頃の涼香は、ひな鳥のようについてくる冬華が頼って来ても、助けずに我が道をゆくことが多かった。

で、可哀そうだと思った俺が、面倒を見ていたのは今でも思い出せる。

その流れが冬華を妹みたいな存在として、認識させるきっかけだったのかもしれない。

「今の私は女の子ですか？　それとも、妹ですか？」

「え？　妹だけど」

「ですよね。というか、実際お姉ちゃんと結婚したので裕樹くんは私のお義兄さんになったわけで、本当に義理ですが妹になっちゃったんですよね……」

「さてと、冬華。ちょっと気になる点があるから、学校のことを聞いていいか？」

「いいですよ。もう色々と吹っ切れてるので」

あまり空気が重苦しくならないよう、気を付けて聞こう。

どんな嫌がらせを受けたのか、どうやってセクハラコーチを追い出したのか。

知りたいことはまだまだ色々ある。

♡♡♡

冬華から詳しく教えて貰ってわかった。

この子、俺が思っている以上に強い。

嫌がらせをしてきた奴らには、ちゃんと報復してから学校を辞めたそうだ。

昔は泣き虫で、すぐに助けてって泣きつくような子だったのに驚きである。

「ま、あれだ。俺にできることがあるのなら、何か協力してやるから」

とはいえ、強くても心配だ。

まだ困ったことがあるのであれば、幾らでも力を貸そう。

すると、見当外れなお願いをされた。

「じゃあ、お姉ちゃんと離婚して、私と結婚してください」

「それは無理」

「はいはい、わかってますよ。裕樹くんがお姉ちゃんのこと大好きなことくらい」

少しだけむすっとした顔になる冬華。

どうやら、俺が『それは無理』と即答したのがお気に召さなかったようだ。

でもまあ、すぐに機嫌は元に戻った。

「さてと、私の近況報告も終わりましたし、本題に入ろうかなと」

冬華は背筋を正し、コホンと小さく咳ばらいをした後、俺に続けて話す。

「学校を辞めた私は裕樹くんのお母様から、とあるお願いを受けました」

「俺の母さんから？　おばさんじゃなくて？」

「はい、裕樹くんのお母様です。内容は、受験生なので、うちの息子を見張ってくれと。お姉ちゃんに迷惑を掛けないように、色々と見張って欲しいとのことです」

「何を？」

「ほら、お姉ちゃんと夜はよろしくやっているんでしょう？」

「……あー、なるほどな」

羽目を外し過ぎた俺が涼香を襲い、それで涼香に迷惑を掛けるな。

俺の母さんはそう言いたいらしい。俺が一時の性欲で涼香の足を引っ張るのは許さん。

つまりは、そういうことなのだろう。

この前なんて、わざわざ安産祈願のお守りが、本当に必要にならないようにね？　と釘を刺してきたしな。

「俺と涼香のお目付け役か」

「ええ、そういうことです。一時の衝動で後悔をさせたくないとのことで、ちょうど通信制へ編入が決まり、暇になる私にお願いをしてきたわけです」

「まあ、親としては心配だよなあ……」

この世には、若気の至りという言葉がある。

母さんは俺達にそういう風になって欲しくないわけだ。

親戚に、若くして子供を授かった夫婦がいるのだか、幸せそうではあるものの、やっぱり大変そうな感じは否めない。

「そして、日給3000円で受けました。なお、裕樹くんから貰うようにとのことです」

「俺が自分で自分の見張り役への給料を払うのか……。ま、いいけど。というか、学校を辞めたのに、なんで今日は制服なんだ？」

「今日は学校に最後の挨拶へ行ってきました」

「で、ついでに俺のところへ来たと」

「そういうことです」

冬華がやって来て、そこそこが経った頃。

スーパーでの買い物を終えて、レジ袋を引っさげた涼香が帰ってきた。

「あれ？　冬華がいる。どうしたの？」

「お久しぶりです。実は……」

俺に話したのと、同じ内容を冬華は涼香にも話した。

「友達のために頑張れるなんてえらい！　さすが、私の妹だね！」

話に区切りがつくと、涼香は冬華に抱き着いて褒めだした。

「お姉ちゃんが、私にこんな優しいなんて珍しい……」

「酷(ひど)いこと言うね」

「いや、俺も思うぞ。お前って冬華にいつも厳しいし」

涼香は２歳の冬華がお菓子の袋開けて？　ってお願いしてきても、自分でやりなと言い。

４歳の頃には、鬼ごっこで冬華が鬼のとき、全然捕まってあげない。

６歳のときは雪合戦で、全力で雪の塊を投げつけて泣かせたこともある。

昔から、妹にどこか厳しい姉だった涼香。

でもまあ、今日くらいは優しく冬華に接するのもおかしくないか。

♡♡♡

「というわけで、通信制の高校に編入することになった私ですが、裕樹くんのお母様に頼まれ、見張り役としてここに住むことになったわけです」

冬華が見張り役として家に住むことについて話し出すと、涼香の態度は一変する。

「物置でいい？」

うん、今日は冬華に優しいなと思っていたが、前言撤回だ。

やっぱり、涼香は妹にちょっと厳しい。

「ほんとっ、妹をそういう風に扱うって酷くないですか？」

「だって、冬華だもん」

「一瞬、あ、お姉ちゃんが今日は優しい……ってときめいた私を返してくださいよ！」

「あははは。だって、そりゃ虐められていたら、優しくするよ。でも、こうやって、私と裕樹の愛の巣を脅(おびや)かそうってんなら、話は別だもん」

「はあ……。いいですか、お姉ちゃん。こう見えて、私は裕樹くんのこと未練がましく見えますが、ちゃんと諦めてますからね。もはや、私の未練がましいあれはお遊びなんです」

「えー、本当に？」

「はい、とっくの昔に裕樹くんとは無理だろうなと諦めてます。それに結婚までした二人の邪魔をするほど、捻くれてません！　隙があったら奪うとか言いましたけど、あれはお姉ちゃんへの悔しさとムカつきで啖呵を切っただけですから！」

「そう言って、奪おうとしてるんじゃないの？」

涼香は疑わしいのか、冬華をじっと見つめ続ける。

まあ、疑いたくなる気もわかるが実際は冬華の言う通りだ。

「最後の俺への告白なんて、超雑だったもんな」

冬華が中学校を卒業した日、俺は冬華と道端で出会った。

そのとき、普通の顔、普通の声音、今よりも砕けた口調で、こう声を掛けられた。

『あ、裕樹くんだ。恋人になってよ』

『え、いやだ』

『だよね。知ってた』

以上。これで、告白のワンシーンはおしまいだ。

確か、こんな会話をした後、卒業祝いと称して、コンビニでアイスを奢(おご)ってあげたっけ？

「というか、あれです。吹っ切れてなかったら、こんな家に一緒に住もうだなんて思いませんよ。好きな人が、姉に寝取られているのを見て喜ぶ人がいます？」

「そういう趣味の人いるらしいね。あと、そもそも、裕樹は冬華のじゃないんだから、寝取られとは違うでしょ」

「ああ言えばこう言う。ほんと、お姉ちゃんって酷いです！」

ぷんぷんと怒る冬華と、冬華は俺のことがまだ好きなんじゃないの？　と怪しむ涼香。

そろそろ、喧嘩(けんか)に発展しそうなので間に入る。

「まあ、落ち着けって。涼香に言っておくが、冬華を受け入れなかったら大変だぞ？」

「なにが？」

「冬華じゃなくて、俺の母さんが直々に見張りにくる」

「それはちょっと嫌だね」

「だろ？　ここはしょうがなく冬華で我慢しておくべきだって」

「裕樹くんも裕樹くんで、しれっと酷いことを言いますよね」

「え？　だって、涼香と二人きりの方が普通にいいし」

「この二人はっ！　わかりましたよ。こうなったら、お目付け役として、二人にはしっかりとした日常を送らせてみせます。覚悟してくださいね！」

冬華は俺と涼香の方をびしっと指さして宣言する。

やる気と気合に満ち溢れるその姿に、涼香はうげっと嫌そうな顔をしている。

「で、冬華はいつから来るつもりなんだ？」

「なるべく早いうちにと思ってましたが……。こうなったら二人がイチャイチャして、勉強以外にうつつを抜かさないように今日からにしました。へっ、二人で私を虐めるのがいけないんです～」

子供っぽさ満載で俺と涼香を煽る冬華。

口調こそ、涼香よりもしっかりしているが中身はやっぱり年相応だな。

「急だな」

「ね～」

我が家に冬華が住み着くことになった。

まあ、別に知らない人ってわけでもないし、何なら……。

「お手伝いさんがやって来たから、これからは楽できるな」

「えへへ、ラッキーだね」

同じく受験生でありながらも、家のことをやっていた涼香の負担が減る。

それなら、意外と悪くない。

別に冬華がこの家にいたところで、俺と涼香の日常はきっと大きくは変わらない。

♡♡♡

「で、今日からこの家に住むことになった私ですが、どの部屋を貸してくれるんですか?」

「しょうがないなあ。こっち、こっち」

涼香が冬華を空いている部屋へ案内する。

そこは我が家の中で一番狭い部屋というか、空間だ。

「だから、なんで物置なんですか!」

掃除機などの道具が詰まった物置に案内された冬華は怒る。

「んー、じゃあ寝室の隣は嫌だから、1階にあるリビングの横の部屋でどう?」

「まあ、そこなら……」

「エアコンが付いてない部屋だから、昼間は死ぬほど暑いけど」

「エアコンが付いてる部屋を貸してください。なければいいですけど」

今のところ、我が家に付いているエアコンは4つ。

寝室、リビング、俺の部屋、涼香の部屋。

それ以外の部屋には、エアコン用の配管穴はあるが取り付けはされていない。

「というか、冬華に部屋をあげる必要なくない？」

「居候ですし、別にそれでもいいですよ？」

立場を弁えているのか、それでも大丈夫と言う冬華。

部屋は普通に余ってるのに、一つも貸さないって酷い話だ。

「いやいや、あげろって」

「ほんと、裕樹は冬華に甘いよね」

「お前が厳しいんだって。いつも思うが、昔からなんで厳しくしてるんだ？」

「昔の冬華は泣き虫ですぐに私を頼ろうとする。だから、お母さんに冬華をあんまり甘やかしちゃダメって言われたからね。すぐに助けてあげるのは、冬華の成長に良くないって。ま、当時の私は、意味をよく理解できてなかったけどね」

「えっ？」

驚いた様子で冬華は目をぱちくりさせる。

俺も今、初めてこの話を聞いたので、ちょっとびっくりした。

「小さい頃の私は、なぜ妹を可愛がってあげちゃダメなの？　と思いながら、健気にお母さんの言いつけを守って厳しくしてたわけ」

「う、嘘ですよね？」

「ううん、本当だよ？　お母さんに聞いてみなって」

「というか、大きくなってもお姉ちゃんが私に厳しいのはなんで……」

「うーん……、厳しく接するのに慣れちゃった的なやつ？」

「あ、わかりました。裕樹くんと仲良くしてる私に嫉妬してたんですね！　で、私に意地悪をしていたと」

からかうつもりで言ったであろう冬華。

涼香が、全然違うからね！　と慌てて取り繕う様を見たい一心での一言だ。

「えへへ。……かもね」

恥じらいながら答える涼香。

それを見た冬華は、何とも言えない顔で俺を見た。

「これ、本当にお姉ちゃんですか？」

「結婚してからはこんな感じだな。もう、滅茶苦茶に素直だ」

「そ、そうなんですね。ちょっと素直過ぎて鳥肌が立ちました」

　ぶるるっと身震いする冬華。

　わかる。最近は素直な涼香に慣れてきたけど、結婚前と結婚後のギャップが激しいよな。

「な、なら、結婚して裕樹くんを手に入れたお姉ちゃんは、嫉妬する必要もないですし、私に優しくしてくれるってことであってます？」

「え、私に甘やかされたいの？　しょうがないなあ。よしよし、何も悪いことしてないのに嫌がらせされたなんて色々と大変だったね……」

　冬華の頭をなでなでする涼香。

　そして、撫でられている冬華は気まずそうな表情で俺に助けを求めている。

「こんなのお姉ちゃんじゃないですよぉ……。裕樹くんはこれでいいんですか？」

「割とこういう涼香好きなんだよな、俺」

「何なんですか、この姉とその夫は！」

「よしよし、可愛い妹。ちゃんと電器屋さんを呼んで、リビングにある隣の部屋にもエアコン付けて貰うからね？」

「くぅ〜〜〜。もう、なんか別人みたいでしんどくなってきました……」

　冬華はどこか遠い目をしながら、嫌そうに涼香に撫でられ続けるのであった。

冬華Side

陸上部の強い学校に通い始めて４ヶ月。

一番仲の良い友達に相談を受けました。

内容はコーチからセクハラされているけど、怖くて何もできないということ。

気が弱くて怯(おび)えるだけの友達を、私は見過ごせませんでした。

友達の代わりにセクハラの証拠を集めて、コーチを追い出すことに成功します。

そして、優秀なコーチを追い出した悪役として、私は嫌がらせをされるようになりました。

私は何も悪いことはしてないというのに。

こんな不幸な日に遭っている私に対し、幸運な日に遭っているのがお姉ちゃんです。

宝くじで大金を得るどころか、好きな人もゲット。

ああ、なんと羨ましいことでしょう。私はこんなにも不幸なのに。

幸せ過ぎるのが羨ましくて、嫉妬が止まりません。

なので、私は悪い子になります。いい子でいても、不幸な目に遭う。

それなら、悪い子でいた方が絶対に楽しいに決まってます。

色々とあったせいで、ちょっと自暴自棄気味な私は、周りに嫌がらせをしたい気分。

そんな私は思いつきました。

お姉ちゃんと裕樹くんの間を、お邪魔しに行こうと。

きっと、高校生なのにお金はたくさん持ってるし、親の目がない家に住んでるしで、イチャイチャして幸せな日常を送ってるに違いありません。

特に夜は、それはそれはお楽しみなことでしょう。

なので、私が突撃して夜の性活をできなくさせてやろうというわけです。

同じ屋根の下に私がいれば、ヤリづらいに決まってます。

私が邪魔しに行くきっかけを手に入れるのは簡単でした。

『裕樹くんとお姉ちゃん。受験生なのに、やっぱり二人だと大変そうですよね。しかも、裕樹くんは腕も怪我してますし……』

裕樹くんのお母さんの前で、二人を心配する素振りを見せるだけです。

先に、私とお姉ちゃんを産んでくれたお母さんの前でやりましたが、『大変なのがイチャイチャできて楽しいんじゃない！』と何ともふざけた回答をされました。

でも、裕樹くんのお母様は常識人。

私の二人の日常を心配する一言は、ものの見事にクリーンヒット。

私に見張り役兼、お世話係を命じてきました。

まあ、私が裕樹くんのことを好きだったことを知っているので、ちょっとは悩まれましたけど。とはいえ、好きだったのは過去の話。

だーれも、私がまだ裕樹くんを本気で好きなままだと思っている人はいません。

私が未練がましく振る舞っているのは、ただのネタでおふざけなのですから。

惨めにも通信制の学校へ編入する羽目になった私の新しい日常。

お金持ちの姉夫婦の家に転がり込み、悠々自適に暮らしながら、二人が夜のお遊びをしようものなら、なんかムカつくので突撃して邪魔する。

酷い目に遭い、性根の腐った私は、これから厄介親族として生きるんです！

さあ、邪魔して、邪魔して、鬱憤を晴らしましょうか。

元好きだった人を寝取ったお姉ちゃん。

私に振り向いてくれなかった意地悪なお兄ちゃん的な幼馴染。

この二人で、色々と遊んでやると思っていたのですが——

「ほら、冬華。こっちの肉も焼けたぞ」

特上タン塩を懇切丁寧に育て、私の皿に置いてくれる裕樹くん。

「こっちのカルビも美味しいよ」

特上カルビを、自分そっちのけで私のお皿に置いてくれるお姉ちゃん。

私がお姉ちゃんと裕樹くんに酷い目に遭ったことを話した日の夜。

慰め会とのことで、姉とその夫は私をお高い焼肉屋さんへ連れて行ってくれました。

「必要な物を買って帰らなきゃね」

焼肉屋の帰りには、私に必要な雑貨を買ってくれます。

冗談で1万8000円のジェラピ○のパジャマが欲しいと言ったら、買ってくれました。

家に帰っても、至れり尽くせりで、お風呂を沸かしてくれ、先に入ってどうぞと。

なんと、入浴剤のバ○付きです。しかも、2個。贅沢ですね。

そして、お風呂から上がると、アイスが用意されていました。

ハーゲンダッ○の抹茶味でした。美味しかったです。

「ほら、お小遣い」

お金もくれました。もう、にやけ顔が止まりません。

美味しいお肉、新しいパジャマ、気持ちの良いお風呂、少し高いアイス、お小遣い。

今日は最高の一日でした。

ちょっとした不満をあげるとすれば、裕樹くんと私が楽しく話していると、お姉ちゃんがジト目で威嚇してくるところくらいですかね。

溜まりに溜まったイライラを解消すべく、二人の愛の巣へ遊びに来ましたが、今日くらいは勘弁してあげましょう。

来客用のお布団をリビングに敷いて貰い、私はそこで一日を終える。

と思っていたのですが、まだ何かあるようです。

「よっこいしょっ……」

お姉ちゃんがリビングのソファに座り、小さな声で私にこう言うのです。

「ちょっと話さない？」

「まあ、いいですけど」

私はリビングに敷かれたお布団から出て、ソファに座るお姉ちゃんの方を向く。

話す準備ができたと同時に、お姉ちゃんが話しかけてきました。

「本当に大丈夫？」

「な、なにがです？　学校でのことですか？」

「そっちじゃなくて裕樹のこと。ほら、前は好きだったんでしょ？」

なるほど、私に取られまいと牽制しに来たわけですね。

ええ、焼肉屋で私と裕樹くんが仲良しなとき、ちょっと怖い目で見てましたもんね？

ふふっ、これはちょっかいを出せば、きっと面白いものが見られます。

とはいえ、煽りに煽ってしまえば家を追い出されるかもしれません。

ここは、お淑やかに嘘をついておきましょう。

「全然平気ですよ」

「一緒にいて辛くない？」

「だから、平気ですって」

「そっか」

「ほんと、私に裕樹くんを取られないかと心配でしょうがないんですね」

「ふふっ、ちがうよ。あれは感情が複雑になりすぎて、怖い顔になってるだけ」

少し鼻で笑ったお姉ちゃん。

嘘は言ってなさそうなくらい、余裕に溢れていますね。

「意味が分かりません。本当は牽制するために、睨みを利かしているんですよね？」

「あははは、別に牽制してないって。私が裕樹と冬華が話しているとき、ちょっと怖い顔になっちゃうのはさ――」

ごくりと息を飲みます。

緊張している私に、お姉ちゃんは申し訳なさそうに告げました。

「冬華が裕樹のことをまだ好きなら、酷いことしちゃったなって罪悪感が凄くてね」

「いや、何度も言ってますけど、今は裕樹くんのこと好きじゃないですよ。いえ、兄的な幼馴染としては好きですけどね」

「それなら良かった。もし、本当にまだ裕樹が好きならさ、私がしたことって、冬華からしてみれば反則も反則じゃん？」

そりゃそうである。恋人をすっ飛ばし、結婚してしまうなんて酷すぎる。

仮に私が、裕樹くんのことをまだ好きであり、お姉ちゃんが結婚しますの報告を通り越して、いきなり結婚していたとしたら――

包丁を手に取り、お姉ちゃんを襲っていたかもしれません。

「なんか、お姉ちゃんらしくないですね」

「うん、好きな人ができたというか、好きな人だと気が付いた。もし、好きな人がいつの間にか反則技で奪われた側だと想像してみるとさ、凄く酷いことしたなあ……って」

「変わりましたね」

「えへへ、そう？」

恥じらう乙女の様な笑みを浮かべるお姉ちゃん。

うっ、ちょっと慣れなさ過ぎて吐き気が……。

「ええ、変わりましたよ。すっごく素直で気持ち悪いです」

「そういう冬華こそ。高校生になってから凄く変わったと思うけど？」

「そりゃ、変わろうと思って変わりましたからね」

お姉ちゃんは寂し気に私に言いました。

「前みたいに、砕けた口調の冬華の方が可愛いのに……」

「逆にお姉ちゃんは、もうちょっと言葉遣いに気を付けた方がいいと思いますよ？」

「かもね。大学生になっても、こんな風に砕けた感じで誰とでも話してたら、いきなり馴れ馴れしい奴！　って感じで嫌われちゃいそう」

「でしょうね」

「えー、そこはそんなことないでしょ！　って言うとこじゃない？」

「いえ、絶対に今のお姉ちゃんみたいなのが嫌いな人はいると思うので」

それから、私とお姉ちゃんはどうでもいい話をそこそこ続けました。

私は興味本位で聞いてしまいます。

「もし、私が裕樹くんのことをまだ好きだったら、お姉ちゃんはどうするつもりですか？」

「謝って、謝って、許して貰う。あ、譲る気はないよ？」

譲る気がないというのは、お姉ちゃんらしいです。

「そこは譲るべきじゃ？」

「それはなしだね。だって、裕樹のこと大好きだし」

楽しそうに笑いながら、裕樹くんのことを好きだと言う姿を見て背筋が震えます。

びっくりするくらいの変わりよう。

少し前まで、裕樹くんに対し、好きだなんて冗談でしか絶対に言わなかった癖に。

「それじゃあ、私は今も裕樹くんのことが好きなので、許して欲しければ態度で示してください」

別に裕樹くんのことは吹っ切れていますが、意地悪で未練がある振りを演じてみます。

お姉ちゃんは笑いました。嘘つけと、言わんばかりです。そりゃそうでしょうね。

こんな風に話していたら、誰だって、私がもう裕樹くんのことを好きじゃないって気が付くに決まってます。

が、お姉ちゃんはそうと知りながらも、敢えて騙された振りをしました。

「しょうがないなあ。許して欲しいから、たくさん甘やかしてあげちゃうね！」

お布団の上にぺたんと座っている私に、お姉ちゃんが抱き着いてきます。

「ちょ、そういうのは求めてません！　求めてませんって！！　どこに姉に抱き着かれて嬉しい妹がいますか！」

「このこの〜。そう言ってるけど意外と嬉しい癖に」

「だから、全然嬉しくありませんって。というか、キモいんですよ！　少し前まで、私にこんなに優しくなかったのに！」

私に対し、かなり優しくなったお姉ちゃん。

これもそれも、宝くじを当て、幼馴染と結婚してイチャイチャな日々を送ることで、色んな意味で穏やかになったせいかもしれません。

余裕がある人とない人、この二人を比べたとき、誰が見ても絶対的な差を感じます。

つまりは、そういうことなんでしょう。

今まで、私に素っ気なかったお姉ちゃんが変わるのも当然です。
そんな優しいお姉ちゃんに対し、嫌だ嫌だと歯向かってはしまうものの……。
意外と悪い気はしません。
それにしても、やっぱりお姉ちゃんの胸は中々なもので……。
これを好き放題にできる裕樹くんは、さぞ幸せなのでしょうね。

♡♡♡

俺と涼香は、受験生なのに二人暮らし。
盛大にだらけて、大学受験に影響を及ぼす可能性があるのは誰が見てもわかる話だ。
そんなことを心配した俺の母さんから、刺客が送られてきた。
不幸に見舞われ、通信制の学校に編入せざるを得なくなった涼香の妹の冬華である。
たぶん、冬華を受け入れなかったら、母さんが直々に我が家に住み込むことになる。
親の見張りなんて嫌でしょ？　と冬華を見張り役に宛がってくれただけで、慈悲深い。
さて、冬華がやって来たのは数日前。
最初こそ、もてなしてあげていたが、それも落ち着きを見せ、冬華は見張り役とは別のもうひとつの顔を見せ始めた。

「あ、裕樹くん。おはようございます。洗濯物は全部出しましたか？」

朝起きた俺と涼香が着替えを済ませてリビングに行くと、そこにはエプロン姿でリビングの横に設けられたキッチンに立つ冬華の姿があった。

「ああ、おはよう。寝間着もさっき洗濯籠に突っ込んでおいた」

「お姉ちゃんは？」

俺と一緒にいる涼香にも冬華は聞いた。

「うん、全部出したよ」

「了解です。朝ご飯が終わったら、洗濯機を回しちゃいますからね。後で出されても……。まあ、洗ってあげます。ただ、私が二度手間で苦しむことだけは忘れないでください」

そう、冬華のもう一つの顔は、家事をしてくれる家政婦さん。

俺と涼香が受験に専念できるように、家のことをやってくれるのだ。

正直なところ、涼香の負担が減って何よりである。

俺は涼香との水族館デートのとき、階段から転げ落ちそうな涼香を助けた結果。

右手が全く使えなくなるような大怪我をした。

俺が怪我をしているせいで、涼香は全部の家事を今まで一人でこなしていたからな。

「冬華が来てくれて、本当に助かる」

「もう、裕樹くんってば、そんなに褒めても朝ご飯のおかずが、ちょっと豪華になるくらいしか、起きませんよ？」

俺が褒めたので上機嫌になった冬華は大根をすりおろし始めた。

「本当にありがとね。冬華のおかげで、私もすっごく勉強に専念できるようになったというか、息抜きに使ってあげられる時間が増えてストレスが減ったよ」

「あ、そうですか」

俺に褒められ上機嫌、涼香に褒められると不機嫌になる冬華。

「ちょっ、裕樹と私の差、酷くない？」

「お姉ちゃんに素直に褒められると、なんか落ち着かなくて。昔だったら、『炊事と洗濯くらい普通でしょ』と割と辛辣なことを言われたことでしょうし」

「しょうがないじゃん。冬華が裕樹を狙ってると知ってて、あのときは無意識に恋敵として威嚇してたんだろうし」

あ、その説を否定する気ないんだな。

冬華が成長した後も、涼香が引き続き冷たく当たっていた理由は、俺と冬華がベタベタする姿に嫉妬していたから。これはもう、決定事項なようだ。

そう考えると、ちょっと嬉しくてもどかしいな。

「朝から惚気話は結構です。ほら、お姉ちゃんも裕樹くんも朝ご飯ができるので席に座ってください」

冬華に促され、ダイニングテーブルに着く。

そして、俺と涼香の目の前に朝食が置かれた。

白米、味噌汁、だし巻き玉子、納豆、ほうれん草のおひたしだ。

朝から中々に手が込んでいる。

やるからには手を抜かないってところは、涼香とそっくりである。

「いただきます」

「いただきま〜す」

冬華が作ってくれた朝食を食べ始めた。

だし巻き玉子には俺が褒めたおかげか、ちょっと豪華になり大根おろしが乗せられている。ほうれん草のおひたしは湯がいた後、水気をしっかりと切ってあり水っぽくない。味噌汁は出汁入り味噌を使うのではなくて、鰹節と昆布から取った出汁に味噌を溶いたもの。白米も涼香が炊いたものよりも、何故かふっくらしている。納豆も納豆菌がより働くようにと、前もって冷蔵庫から取り出されていたらしく常温だ。

細かなところまで配慮が行き届きすぎている朝食の味はもちろん——

「うまいな」

涼香も美味しいのは認めており、悔しそうな顔でご飯を頬張りながら愚痴る。

「私だって、受験がなければ、このくらい手の込んだ朝食を毎日作れるもん」

「妹に負けたからって、そうカッカするなよ」

「負けてないし」

「ふふっ、それはどうでしょうかね？」

俺達と同様に食卓に着いた冬華が、どや顔で涼香を煽った。

そして、いつも通り言い争いになる。

「料理勝負だね。審査員は裕樹で」

「それ、私が絶対に負けるやつですよね。審査員はお母さんにすべきです」

「料理は愛情込みでしょ」

姉妹の言い争いを見ながら、朝ご飯。

涼香との二人でも悪くなかったが、こういう賑やかなのも悪くない。

「ええ、わかりました。お姉ちゃんの愛情を越えた愛情で、裕樹くんの胃袋を摑んじゃっても文句を言わないでくださいよ？」

「そうこなくちゃね」

料理勝負が行われることが決定した瞬間であった。

♡♡♡

涼香と冬華が料理勝負をするという話をした日の夜。

肉じゃがを、どっちが美味しく作れるかの勝負が行われることになる。

我が家の広いキッチンでは、涼香と冬華がいがみ合っている。

「エプロンっていいよな。冬華にプラス1点」

涼香は汚れてもいい部屋着を着ているからか、料理をする際、エプロンは未着用。

対する冬華は部屋着だろうが、汚したくないのでエプロンをしている。

男としては、女の子のエプロン姿は素晴らしい。

「くっ……。今度から私もエプロンしよっと」

「ふふっ、お姉ちゃんのズボラなところが出ましたね」

それから、特に何かが起きるわけでもなく、二人の料理は出来上がった。

「まずは私のからだね」

手始めに、涼香の肉じゃがから審査する。

材料はジャガイモ、ニンジン、タマネギ、豚肉とオーソドックスなもの。

全ての具材によく味が染みており、家庭的な味って感じで美味しい。

特に欠点はなく、さすが料理を作り慣れている涼香って感じだ。

「次は私のですね」

今度は冬華が作った肉じゃがを審査する。

材料は涼香のよりも多く、ジャガイモ、ニンジン、タマネギ、さやえんどう、白滝、牛肉。

涼香のと同じように、どの具材にもよく味が染みている。

ただ、味は全然違った。

さやえんどうと白滝も入っているからか、涼香の作った肉じゃがよりも豊かな味わいと歯ざわりが楽しめる。

冬華の肉じゃがは家庭的というよりも、プロの味に近い感じだ。

そして、肉じゃがに使うお肉は、豚よりも牛の方が俺は好きである。

涼香には申し訳ないと思いながらも、俺は勝者を決めた。

「冬華の勝ちだ」

「ま、当然ですね。材料にはかなり気を使って作りましたし」

「……ふん。別に味は負けても、愛は負けてないし」

負けてしまい、ちょっと拗ねる涼香。

冬華はそれを見逃さない。

「負け惜しみが酷いですね。私も料理人ってほどは上手くないですよ。ただ、ちょっとでも美味しい料理にしようと思って素材にこだわっただけです。だから、いつも通りに普通な料理を作っちゃったお姉ちゃんが負けるのは当然です」

涼香は冬華よりも料理を作り慣れている。

ゆえに、冬華と違って素材にこだわるという発想がすっぽり抜け落ちていた。

いつも通りに美味しく作ろう。これが、今回の肉じゃが勝負の勝敗を左右したって感じか。

「裕樹～。冬華が虐めてくる……」

猫なで声で俺に抱き着き甘えてくる涼香。

冬華はそれを見て、やや冷たい目で俺達を見てくる。

「バカップルめ……。ほら、イチャイチャしてないで、さっさと離れてください」

冬華は俺に抱き着く涼香を引っぺがそうとする。

「やだ。離れないもん」

「ほら、夫婦だから、このくらい許してくれたっていいじゃん。冬華のケチ！」

「まあ、そうですけど。なんか、ムカつくので」

仲良さそうにコントを繰り広げる二人。

喧嘩みたいなことはよくするが姉妹仲はなんだかんだで、昔からいいんだよな。

俺と涼香が結婚したことで、姉妹仲がギスギスするかと思っていたが、これなら安心だ。

「そういえば、裕樹くん。料理勝負に勝ったのに、何もご褒美(ほうび)はないんですか？」

ご褒美か……。金一封をプレゼントすべく、俺は財布を手に取った。

すると、冬華は呆れた顔になる。

「何でもお金で解決しようとしないでください。成金(なりきん)っぽくて嫌味に見えますよ？」

「じゃあ、何がいいんだ？」

「そうですね……」

少しばかり悩んだ冬華は、右手の人差し指を唇に添え、妖艶(ようえん)な笑みを浮かべる。

「キスってのはどうです？」

「え……？　それはさすがに駄目だろ」

冬華みたいな可愛い子とキスしたいって男は、この世にたくさんいるだろう。

だがしかし、俺には大事なお嫁さんがいるし。

「つれない男ですね。さてと、ご褒美は後で貰うとして料理勝負はおしまいですよ。ほら、今日の息抜きは終了。さっさと、二人とも受験勉強に戻ってください」

息抜きとしての料理勝負のお時間は終了。

俺と涼香は、勉強をすべくそれぞれの部屋へ向かう。

涼香が先に消え、俺もペットボトルのお茶を持ち、自分の部屋へ向かおうとする。

急に背後から冬華が迫ってきた。

そして、俺の耳元で小さく囁いてくる。

「キスしたくなったら、いつでも私は大歓迎ですからね？　お義兄さん」

ゾクッと背筋が震えるような声だった。

悪いことを唆すような囁き。お義兄さん呼びが背徳感に拍車を掛けている。

涼香に負けず劣らずな可愛い子である冬華にキスしてもいいよ、と甘く囁かれた。

男という生き物は弱くて脆い生き物だ。

「俺をからかって楽しいか?」

ただし、相手が最近本当に義理の妹になっちゃった元妹的な幼馴染ともなれば別だ。

少し反応しちゃったけどさ……。

「あら、バレちゃいましたか」

冬華は少し残念そうだ。

俺が反応しちゃったら、それはそれでどうする気なんだろうか。

「てか、お嫁さん持ちに手を出そうとするんじゃない。俺、不倫したことになって、涼香から慰謝料を請求されちゃうだろ」

「いえ、お姉ちゃんはちょっとやそっとの浮気(うわき)をされても、別れるつもりはないと思います。浮気を知った場合、スマホには監視アプリを入れられ、外に出たら定時報告しろって感じで束縛されるくらいじゃないでしょうか。下手したら、軟禁もあり得るかもしれません……」

「いや、それはない……と言いきれないか。まあ、そもそも浮気しないから、今言ったことは絶対に起きないだろ」

「ちなみに、裕樹くんはお姉ちゃんが浮気してたら、どうしますか?」

「泣く。そして、捨てないでくれと懇願する」

「へー、意外ですね。もう、こんな奴とは一緒にいられるか！　って感じで、別れる選択肢はないんですか？」

「ないない。涼香が浮気したら、それは多分俺が悪いからな」

俺が涼香をきちんと愛してあげられているうちは、絶対に浮気しない。

俺のお嫁さんは、そんな子である。

「信用してるんですね。お姉ちゃんのこと」

「そうか？　このくらい普通だろ」

当たり前のことを言っただけ。

それだというのに、冬華は俺を見てくすくすと笑っている。

「数年経っても、今みたいなことを言える関係だといいですね」

「言えるに決まってるだろ」

「はあ……。お姉ちゃんにすっかりお熱ですね」

「ま、それは否定しない。ちょっと浮かれてるのは自覚ありだ」

「ちょっとって、かなりの間違いじゃ？」

いやいや、という顔で冬華を見るも冗談を言っているような様子はない。

ちょっとじゃなくて、俺はかなり浮かれてる？

そう考えると、なんだか恥ずかしくなってきたな……。

♡♡♡

冬華がやって来て6日目の朝。

俺は顔を洗うべく、脱衣所にある洗面台に向かった。

脱衣所には鍵は掛かっておらず、誰も入っていないと高を括っていた俺に災難が訪れる。

「ゆ、裕樹くん⁉」

服を脱ぎかけの冬華がいた。

パジャマのボタンを外し、ちらりと控えめな胸を覆うスポブラが見えている状態だ。

「わ、わるい。冬華ってそういや、朝にシャワーを浴びる派だもんな」

俺は慌てて目を逸らして、脱衣所の外へ出ようとした。

でも、冬華はそれを許してくれない。

俺が入ってきた扉を閉め、逃げ道を塞いでくる。

「ふふっ。義理の妹の裸を覗こうだなんて悪い人ですね」

「ちがっ、覗こうだなんて思って……」

「はい、それは知ってます。でも、私の体に興味はありますよね？」

問いかけに反応してしまい、冬華の体を見てしまう。

涼香と違って、スレンダーな体つき。胸はほぼないが、それでも薄っすらとはある。

思春期の男にとっては、些か刺激が強いのは言うまでもない。

冬華は高校１年生。少し大人びてきたからか、やけに色っぽい感じを放つ冬華は、じわじわと俺との距離を詰めてくる。

「私、お姉ちゃんには内緒にしてあげますよ？」

「な、なにが？」

「私と体の関係を持つことですよ。ほら、こう見えて、中々にいい体をしてません？　お姉ちゃんと違って、胸は小さいですけど」

冬華は自身の胸に手を当て、アピールしてくる。

「じょ、冗談はよせって」

「体の関係なんて、誰しもが複数人と味わうのが普通なんです。裕樹くんはお姉ちゃんだけで満足なんですか？　他の子も味わってみたいって気は？」

そう言うと、冬華は自身の脱ぎかけの服に手を伸ばした。

ごくりと、飲み込むのを忘れ、溜まっていた生唾を俺は飲む。

「ふふっ、冗談ですよ。裕樹くんと体のお付き合いなんて私が嫌です」

　冬華は何事もなかったかのように俺から離れていく。

　俺はその落差についていけず、オドオドとしてしまう。

「あ、ああ」

「ま、エッチな気持ちを落ち着けたいのであれば、お姉ちゃんで解消してください。私は裕樹くんとエッチなことしたくありませんし」

「いや、迫ってきたのはそっちじゃ……」

「お遊びですよ。お遊び。裕樹くんが初心で可愛いのでからかっちゃいました。少し寝汗をかいたのでシャワーを浴びようと思ったのですが、お先にどうぞ。受験生優先です」

「じゃあ、洗面台を使わせてくれ。あと、シャワーを浴びるのなら、今度からちゃんと鍵は掛けろよ？」

「はい。気を付けます。うっかり、裕樹くんが私の全裸を目撃しちゃったら、我慢できずに襲われちゃうかもしれませんし。では、失礼します」

　冬華がいなくなると同時に、体の力がふっと抜ける。

　幼馴染で妹的な女の子。

　つい最近、義理だが本当に妹になった女の子に対して不覚にも、ドキドキとしてしまった。

今まではこんなことなかったはずだ。

なんで、急に冬華のからかいに反応をしてしま……ああ、そうか。

冬華が俺のことを好きだと言い出したのは小学６年生の頃。

妹扱いしてる子と付き合える気はしなかったので、俺はすぐに距離を取った。

昨晩や今朝みたいに、エロい感じで迫られた経験はそもそもない。

「俺も男か……」

義妹の誘惑に耐えられないほど、俺はスケべな男子ってわけだ。

お嫁さんである涼香への罪悪感が半端じゃないな……。

冷たい水で顔を洗おうとも、それは拭い切れなかった。

顔を洗った後、俺は朝食を食べるため、そのままキッチンへ向かう。

するとそこには、エプロン姿の涼香がいた。

「どう？」

「可愛いな」

「でしょ？　冬華から奪った甲斐があるね」

涼香が着けているエプロンは、冬華が使っているものだ。

ちなみにエプロン姿ではあるが、別に料理なんてしていない。

「なあ、涼香。俺は懺悔しなくちゃいけないことがある……」

「ん？」

小首をかしげる涼香。

そんな彼女に、脱衣所で冬華に迫られて、不覚にもドキッとしてしまったことを明かした。

昨日の夜、冬華にキスしてもいいと言われ、少し反応しちゃったことも言った。

後ろめたい気持ちでいるよりか、いっそのこと怒られた方が楽だ。

観念して全て話すと、涼香はやけに嬉しそうに俺の目を見てくる。

「んふふ。裕樹のばーか」

「お、怒ってないのか？」

「迫られてドキッと来ちゃうのは不可抗力だよ？　冬華って普通に可愛いもん。別にさ、ちょっと反応したくらいで、浮気だ！　なんて私が怒ると思う？」

「それはそうだけどさ、なんか申し訳なくて……」

「えへへ、そうなんだ。つまり、私が好きだから、教えてくれたってことだよね？」

「そういうことになる」

「きゃ〜〜、うれし！　もうもう、私大好きな旦那さんめ」

涼香はテンションで高めでツンツンと俺の体をつついて遊びだす。

本当なら、俺が他の子に反応しちゃったところを責められるはずなのにな。

「なんで喜んでるんだ？」

「あのね。裕樹は正直に教えてくれるけど、普通の男だったら、ちょっと他の子に反応したことなんて、ぜっ〜〜〜たいに言わないから」

「え、言わないの？」

「いや、言わないでしょ」

「お、おう？」

やっぱり、俺は褒められるようなことをしていないのに褒められて、腑に落ちない。

「よしよし、裕樹は偉いね〜。奥さんがいるのに、手を出そうとしてくる女がいたら、すぐに報告できる男で。てか、冬華にはお説教しなきゃだね。私の愛する旦那を誑かしちゃう悪い子にはお仕置きしないと」

「程々にな。俺をからかうための冗談だって言ってたしさ」

「ううん。この世には越えちゃいけないラインがあるんだよ？　というわけで、ちょっくらお仕置きに行ってくるね！」

涼香は意気揚々と、今も我が家のどこかにいる冬華を探しにいくのであった。

冬華 Side

「んっ、あっっ、やめっ……て、く……だっ、さいっ！」

お姉ちゃんに胸を揉まれ、あられもない声を漏らしてしまう私。

なんで胸を揉まれているのかは簡単です。

「人様の夫に手を出すくらい欲求不満みたいだし、私が解消してあげなくちゃね！　ほら、ほら、ここが気持ちいいんでしょ？」

「あっ、いやっ、んっ……。そこはっっ、だめっで……す……ってば！　そもそも、あれはお、お姉ちゃんのためを、お、思って……」

くすぐったいような、気持ち良いような、変な感覚に襲われる。

このままじゃ、もっと変な声が出ちゃいそう。

私は必死にお姉ちゃんの魔の手から逃げようとするのですが……。

お姉ちゃんは逃がしてくれません。

「もうっ、やめてっ、くださっ……。あっ……あんっ♡」

私から、凄く艶めかしい声が出ました。

それを聞いたお姉ちゃんは、さすがに気まずくなったのでしょうね。

「お、お仕置きはこれくらいにしておくね！」

やっと胸を揉むのをやめてくれました。

「うぅ……。なんで、お姉ちゃんに変な声を聞かれなくちゃいけないんですかぁ……」

「あははは、ごめんって。で、どうして裕樹を誑かそうとしちゃったの？」

「私だって、本来であればあんなことはやりません。言いにくいのですが、お姉ちゃんと裕樹くん……。私が来てから、一度もしてませんよね？」

「何を？」

キョトンとした顔で聞いてくるお姉ちゃんに私は、ハッキリと言います。

「エッチです」

「は、はい？」

「だから、エッチです。裕樹くんとお姉ちゃん、全然してないじゃないですか。もう私が、この家に住み始めて６日も経ったんですよ？　なのに、まだ１回もしてないのっておかしくありません？　健全を通り越して、不健全すぎます！」

姉夫婦の情事を目撃してやるつもりで、毎晩見張っていた私。

見つけ次第さりげなく邪魔をして、からかってやるつもりでもありました。

幸せ過ぎるお姉ちゃんと裕樹くんへの、ささやかな嫌がらせです。

でも、二人は全然する気配がありません。

深夜３時まで見張っても、それらしき音は聞こえてこず、お姉ちゃんのいびきが聞こえてくるだけ。

するとまあ、私は心配になってくるわけです。

え？　この二人、ちゃんと夫婦できてる？　と。

夜の関係あってこその夫婦。なくても成立するのは、性欲が枯れた後か、忙しくてする暇がなくなったか、愛想(あいそ)が尽きたか、子育てに追われているか、大抵そんな理由でしょう。

姉夫婦は互いに愛想を尽かしたわけでもなく、受験勉強で忙しくはありますが、できなくなるほど余裕がないわけじゃありませんし、性欲も枯れていない。

子供はもちろんいません。

そう、しない理由がないのです。

そして、気が付きました。二人がしないのは、家にいる私に遠慮してでは？　と。

まあ、嫌がらせをするつもりではありましたが、こうとなれば話は別。

確かに、私は裕樹くんとお姉ちゃんが羽目を外して、イチャイチャするのを防ぐためにここへやってきました。

でも、ここまで禁欲させる気はありません。私は優しいので。

嫌がらせはしますが、別に二人をとことん苦しめたいとまでは、思ってませんからね。

そして、二人に禁欲をさせてしまっているのが、逆に申し訳なくなってきた私は、一肌脱ぐことを決意しました。

昨日の夜。私は裕樹くんにキスをしてもいいんですよ？　とからかいました。

今日の朝も、ちょっとエッチに迫りました。

正直、滅茶苦茶恥ずかしかったですし、元好きな人じゃなくて、これから現れるであろう未来の好きな人にやりたかったです……。

まあ、私の身の上話は置いておき、私にエッチく迫られた裕樹くんに話を戻しましょう。

裕樹くんは真面目でお姉ちゃんが大好き。私にエッチなことは絶対にしない。

さぞ、私に弄ばれ、裕樹くんは消化不良で悶々(もんもん)としたでしょう。

で、その悶々としたものをお姉ちゃんにぶつけるに違いないはず。

が、裕樹くんはお姉ちゃんにキスすらしない。

この夫婦、本当どうかしてるんじゃないでしょうか？

完璧に隠れて、やっているのでは？　と思ったので、くまなく証拠も探しました。

でも、それらしき痕跡はありませんでした。

「お姉ちゃんと裕樹くんって性欲は薄めなライトな夫婦なんですか？」

「そもそも、私と裕樹ってさ……」

「はい？」

「し、したことないんだよね」

「またまた、私をからかって。あ、わかりました。裕樹くんは枯れてない。でも、やらないのは、お姉ちゃんがダメって言ってるからですね？」

私の名推理が炸裂(さくれつ)します。

お姉ちゃんは変なところで潔癖。

私に色々と見られたくないから、裕樹くんに我慢を強いているわけですね。

とはいえ、裕樹くんのために私は心を鬼にしてお姉ちゃんを叱りましょう。

「裕樹くんが可哀そうなので、たまにはしてあげてください。新婚なんですから、ちゃんとそういう面も大事にすべきですって。お母さんとお父さんなんて、この前も……っと、この話はやめましょうか」

「だから！　ほ、本当にしたことないんだって……」

「え、なにか言いました？」

「ゆ、裕樹とエッチしたことないんだよね……。てへ？」

「……」

私は言葉を失いました。

え？　二人暮らしで親の監視もないのに、まだしてないの？

さすがに、ビックリ過ぎて、頬がぴくぴくと痙攣してきました。

「いやいやいやいや、さすがに嘘です……よね？」

「ううん。ほんとほんと」

「く、詳しく聞かせてください」

私はお姉ちゃんから理由を聞きました。

わかったことは非常にバカップルであり、二人とも変人で変態であることです。

いやいや、今をゆっくり楽しみたいから、エロいことは我慢って、この夫婦は理性の化け物過ぎませんか？

「なんか、楽しそうなことしてますね」

「超楽しいよ。毎日、ときめきが止まらないね」

見ているのが、面白過ぎるヘンテコ夫婦の行く末。

闇落ちし、気分はドロップアウトガールだった私。

幸せそうな二人を見て、悪しき心がどんどん浄化されていくような気がします。

「なんだかこっちも楽しい気分になっちゃいますね。実は、私はこの家には嫌がらせしに来たんですよ。私は不幸なのに、何をお前らは幸せそうにしてるんだと」

ついつい、浄化され過ぎた私は罪の告白をしてしまう。

そしたら、お姉ちゃんは知ってると言わんばかりな顔です。

「驚かないんですか？」

「だって、私も冬華の立場だったら、同じようなことするもん」

お姉ちゃんの優しい笑みを見ていたら――

頬に冷たい何かが走りました。

「えっ、うっ、あっ、なんか涙が……」

「色々と辛かったね」

辛いことだらけだった私を、お姉ちゃんは優しく慰めてくれる。

私は幸せそうだからって、姉に嫌がらせしに来た酷い妹なんですよ？

涙が止まらなくなる。感情も溢れて止まりません。

「お姉ちゃん……。私、あの学校に3年間通いたかったですよ……」

「うんうん」

「通信制じゃ、文化祭も体育祭も、何もかもないんです。せっかく、高校生になったのに、こんなの、こんなの、あんまりじゃないですか……」

泣きながら、私はお姉ちゃんに溜めこんでいたものをぶちまけ続ける。

お姉ちゃんは一つの文句も言わずに、ずっと聞き続けてくれました。

泣き止んだ後、リビングの机にとあるものが置かれていました。

コンビニで売っている、ちょっとお高いプリンです。
家事をするようになってから、冷蔵庫の中身は把握済み。
だからまあ、プリンが家にないことも知っていました。
「裕樹くん、わざわざ買いに行きましたね？」
私に優しくしてくれる夫婦は受験生。
まったくもう。これは私がしっかりと支えてあげなくちゃいけませんね？

第5話　お風呂で裸のお付き合い

夏休みも残すところ、あとわずか。

冬華がいる生活にも、随分と慣れてきたとある日の夜。

リビングで俺と涼香は勉強の息抜きとして、雑談をしている。

「田中くんと美樹って付き合ってるんだってね。裕樹は知ってた？」

「結構前から知ってるぞ」

「へー、そうなんだ。私、美樹から教えて貰うまで気が付かなかったよ」

話す話題に尽きない俺と涼香。だが、話す時間は限られている。

時計の針が8時を示したとき、蜜月の時を邪魔する者が現れた。

「はい、二人とも勉強に戻る時間ですよ！」

見張り役兼家政婦の冬華だ。

最近は、どんどん口うるさくなってきている気がする。

「もうちょっとだけいいだろ？」

「うんうん、あと10分だけでいいからね？」

「ダメです。受験生なんですよ？　ちゃんと勉強してください」

冬華の言うことはごもっともだ。

しかし、涼香とどうしても何かを話したくてしょうがない気分。

冬華に駄目？　と目で訴えるもむなしく、却下された。

しぶしぶ諦めた俺は自分の部屋で勉強を始める。

俺と涼香は夫婦ではあるものの、まだ距離は徐々に詰めている最中。

日を増すごとに好きな感情が大きくなっていき、それを抑えるのが難しくなってきた。

「どこかないのか？　俺と涼香がイチャイチャできる時間が……」

俺なりに考えてみる。

今日この後、涼香とお喋りできるのは、寝る前のちょっとした時間だけ。

そこ以外は勉強の時間で……。

いや、待て。お風呂に入る時間があるじゃないか。

俺も涼香も長風呂で１時間以上はお風呂でくつろぐ。

この時間は、冬華に文句を言われない俺と涼香だけの時間として使えるのでは？

勉強そっちのけで、俺は涼香に電話を掛けてしまった。

『どうしたの？　電話してるのがバレたら、冬華に怒られるよ？』

「一緒に過ごす時間が欲しいからさ、お風呂一緒に入らないか？」

『そういえば、お風呂も一応自由時間だもんね！　いいよ、入ろっか！』

あっさりＯＫを貰えてしまう。

とはいえ、俺は初心な男であり、右腕が治るまで涼香を襲わないと決めている。

「水着を着てくれると助かる」

『私の裸はまだ裕樹には刺激強すぎるもんね？』

電話越しにも笑われた。

実際その通りなので、なんの反論のしようもないんだよな……。

♡♡♡

さて、お待ちかねのお風呂の時間。

俺と涼香は二人して脱衣所にやって来た。

「裕樹さ～。私と一緒にお風呂に入りたいとか中々に変態だよ？」

「夫婦なんだし、このくらい普通だろ」

「確かに。じゃ、入ろっか。ちなみに、裕樹に言われたから、ちゃんと水着を着てきた！」

涼香は服を、ばばっと脱いだ。

服の下に着ていた水着は、前一緒に入ったときと違ってスクール水着ではなかった。

「どう、似合う？　裕樹と一緒にお風呂に入るとき、水着があった方がいいかなって感じで、新しいのを買っておいたんだよね」

嬉しそうに涼香が見せつけてくる水着。

それは、フリルの付いたビキニであった。

「裸じゃなくても普通にやばい。むしろ、裸よりも……いい」

涼香に似合い過ぎているビキニ。

ただ単にセクシーではなくて、フリルが付いてるからか、可愛さもあるところが凄くいい。

「やったね。ほら、裕樹も早く脱ぎなって」

「ああ、そうだな。ちなみに、俺も水着を着てきた」

服を脱ぎ、デザイン性の優れたサーフパンツ姿を涼香に見せつける。

が、涼香には不評だった。

「ぴっちりした水着の方が裕樹には似合うと思うんだけどなあ……」

俺の穿いているサーフパンツに向ける不満そうな目が怖い。

これ、あれだな。絶対に俺に似合うとか言って、買ってくる。

俺がぴっちりとした水着を穿かされるのは、時間の問題かもしれない。

「さてと、そろそろ入るか」

「うん、入ろ入ろ！　今日は牛乳風呂の入浴剤を入れてあるから楽しみなんだよね～」

二人してお風呂場へ。

体をちゃんと洗った後、念願の入浴タイム。

涼香は意気揚々とお風呂の蓋を開けた。牛乳風呂の素が入っているからか、お湯は乳白色をしていて、ほんのりと甘い香りが浴室に広がっていく。

「おお、これは浸かるのが気持ちよさそうだな」

「だね～。あ、裕樹。ちょっとだけ後ろを向いてて？」

「なんでだ？」

「まあまあ、そう言わずに」

涼香に言われるがまま、俺は後ろを向いた。

数十秒後、チャポンと涼香が湯船に浸かる際の音が聞こえる。

「こっち向いてもいいよ」

涼香の方を見るも、別に変わった点はなく、涼香がただ湯船に浸かっているだけだ。

一体、何を企(たくら)んでいるんだか……。

「早くおいで」

肩までお湯に浸かっている涼香が俺を呼ぶ。

「急(せ)かすなって……」

涼香と同じように俺も湯船に体を沈めた。

待ってましたと言わんばかりに、涼香は俺に寄りかかってくる。

そして、涼香が俺に後ろを向かせていた理由がハッキリとわかった。

なにせ、俺の体に触れた涼香は水着を着ていなかったのだから。

「裸になったのか？」

「うん！　今日は見えないから脱いじゃった」

入浴剤の影響でお湯は白く濁っていて、湯船に浸かってしまえば体は見えなくなる。

なので、涼香は大胆にも水着を脱ぎ捨てたらしい。

「恥ずかしがり屋なのに今日は大胆だな」

「まあ、普通に恥ずかしいよ。でも、裕樹との関係をもっと前に進めたいもん」

どんどん行動が過激になっていく涼香に、ドキドキが止まらない。

嬉しさと同時に、ほんのりと寂しさも感じてしまう。

恥ずかしがる涼香も、そのうち見られなくなっちゃうのはなんか残念だ。

一糸まとわぬ涼香と一緒にお風呂。

ドキドキしながら、俺達は雑談を始めた。

「最近の、冬華は大丈夫そうか？」

リビングにまで冬華の泣く声が響いてきたのは、記憶に新しい。

辛そうな声を聞けば、何かしてあげたくなる。

慰めてあげるために、冬華が好きなデザートであるプリンを買いに行ったんだよな。

「うーん。ガチ泣きしてからは元気そうだけど……。あの子、強がりだからね」

「だよなあ……」

「本当に可哀そうだよね。だから、今はいっぱい甘やかしてあげなくちゃな～って感じかな」

「で、どんな感じで甘やかしてあげるつもりなんだ？」

「色々とだね。今日はこれで美味しいものを食べなって、1万円あげた」

「それは甘やかしてるな。でも、金銭での甘やかしは、ほどほどにしとけよ」

俺達のおこぼれを頂戴して生活していこう。

冬華がそんな子になっちゃったら、嫌だ。

まあ、そんなことにはならないと思うけどさ……。

♡♡♡

お風呂に浸かり始めて15分後。

俺に寄りかかっていた涼香は、ぐるっと体を回転させて俺の方を向いた。

「なんで、こっち向いた？」

「裕樹の顔見たくなった……。あと……、えっと、あのね……」

「どうした？」

涼香は目を泳がせながら、俺に聞いてきた。

「私の裸、ハッキリと見ちゃう？」

「……見てもいいのか？」

「い、嫌ならこんなこと言わないよ……。最近ちょっと気にしててさ……」

「なにを？」

「私達、ゆっくりと前に進み過ぎじゃない？　このゆっくりと仲が進展していく生活が楽しいからと言ってもさ、さすがに遅すぎない？」

「あー、そうだな」

「えへへ、冬華にエッチなことをしない夫婦はおかしい！　って目で見られてからさ、ちょっと焦りを感じてね……」

「別に、焦らなくても……」

「いや、焦るよ。欲を言えば高校生のときに、裕樹に食べられたいんだもん。今のペースだと、間に合わなくなりそうじゃん？」

「やけに具体的だな」

涼香の発言にやや苦笑いしてしまうも、わからなくもない。

俺だって、初めては……高校生で経験してみたいんだからな。

「で、どうする？」

俺との関係を進展させようという覚悟が、しっかりと涼香の目に宿っている。

そりゃまあ、いつまでも同じ場所で足踏みをしたくないのは、俺も同じだ。

ちょっとだけ、俺は前に進むことにした。

「じゃ、じゃあ……」

何がとはハッキリと言わずとも、涼香は俺の言いたいことを察してくれる。

「やっぱり恥ずかしいね……。あはは……」

涼香は照れくさそうに笑いながら、ゆっくりと立ち上がった。

子供の頃、一緒にお風呂に入ったときと全く違う体つきをした涼香が、目の前に現れる。

「ど、どう？　ちゃんとお手入れしてるし、私の体って変じゃないよね？」

「凄く綺麗です……」

何故か丁寧語だが、俺はしっかりと褒めた。

すると、涼香はもじもじとしながら俺に告げる。

「全部見られちゃったし、ちゃんと責任取ってね？」

「もう、十分責任取ってるんだが？」

結婚してるし、これ以上俺に涼香の裸を見た責任をどう取れって話だ。

綺麗で魅力的な体を目の前にし、俺はついつい手を伸ばしてしまう。

が、ひょいっと避けられた。

「なんで？」

「えへへ、触られるのは、まだ恥ずかしすぎて無理！」

意外と初心なお嫁さん。

ハッキリと裸を見せてはくれたが、まだ触らせてはくれないようだ。

それだというのに——

「裕樹も脱ごっか！」

俺に触るのは全然平気らしく、俺のサーフパンツを脱がせようとしてくる。

ほんと、変わったお嫁さんだけど……。

「うへへ、良いではないか、良いではないか〜〜」

「このっ！　やめろっ！　今、ほんと、あれだから。興奮してるし、マジであれだから！」

一緒にいると楽しくてしょうがない。

そして、やっぱり俺のお嫁さんは変態かもしれない。

夫婦としての仲を進展させようってなったとき……。

裸を見せるのが、キスよりも先にくるのだから。

第6話　2学期開幕

俺は久しぶりに高校の制服に腕を通した。

ギプスのせいで、ちょっと着にくかったが何とかギリギリ袖は通る。

そう、夏休みがとうとう終わってしまったわけだ。

これから、また毎日学校に通うのかと思うと、少し気が滅入る。

玄関で靴を履いていると、冬華が俺のもとに慌ただしくやって来た。

「せっかくなので、お弁当を作ってみました。持って行ってください」

「お、わざわざありがとな」

「通信制の学校に編入したので、時間には余裕がありますからね」

冬華はえへんと慎ましやかな胸を張った。

そんな彼女は、通信制の学校への編入を無事に済ませ、これから勉強をする場所は家。

特に時間割が決まっているわけではなく、自由に時間を決めることが可能。

自分のことそっちのけで、俺達のために家のことを色々としてくれるみたいだ。

「油断しすぎるなよ？」

冬華の学力は、俺が高校1年生だったときよりもかなり劣っている。

少し前まで陸上競技メインの生活であり、勉強面が悲惨なのは言うまでもない。

なので、通信制といえど、油断したら卒業できない可能性も十分にあり得る。

「その辺は弁えてるので安心してください」

玄関で冬華と話していると、学校へ行く準備を済ませた涼香もやって来た。

「んしょっと」

靴を履くために、少し屈んだ涼香の制服姿に目を奪われる。

お嫁さんなのに、JK。涼香の制服姿を見て、より一層それを意識してしまった。

「お嫁さんの制服姿を生で見られるって、ある意味凄いよな」

「裕樹の言う通り、これはコスプレじゃなくて、ガチだもんね」

改めて凄い状況だなって思う。

二人して、ニヤニヤとしていたら、冬華が呆れた顔で俺達の背中を押してきた。

「ほら、朝からイチャイチャしてないで、さっさと学校に行ってください」

「じゃ、行ってくるね。良い子にお留守番しておくんだよ？」

「ああ、一人だからって、はしゃいじゃダメだからな」

「もう、二人とも酷いですね！」

ぷんぷんと子供扱いに怒る冬華。

心外だと言わんばかりだが、前科持ちなのでしょうがない。

俺と涼香が予備校に行っている間、こそこそと何やら漁っていた形跡があったし。

はあ……。にしても、夏休みは終わりか……。

少し憂鬱な俺の高校生活最後の２学期は、始まりを迎えるのであった。

♡♡♡

涼香と一緒に通学する時間はあっという間だった。

それもそのはず、実家に住んでいたときと違い、今住んでいる家からの方が圧倒的に学校への距離が近くなっているのだから。

俺と涼香が所属する３年２組の教室は、夏休み明けだからか、いつも以上に騒がしい。

遊びに行った場所について、今年の夏は受験のための夏期講習がしんどかっただの、本当に様々な内容の話で盛り上がっている。

俺も烏合の衆となるべく、友達である田中に声を掛ける。

「よっ、田中。久しぶり」

「おう、新藤。ほんと、久しぶりだな」

「今年の夏は何か面白いこと、あったか？」

「結構あったぜ？　特に一番楽しかったのは――」

田中はヘアスタイリストを目指すべく、専門学校に通う予定。入学試験は作文と面接のみ。それに向けた対策はしているが、それ以外の勉強は全くする必要はないため、今年の夏も大いに満喫したそうだ。

「ずるいな。俺なんて、勉強三昧だったのに」

「勉強三昧だったとか言っておきながら、そこまで不満げな顔はしてない気がするぜ？」

田中はニタニタと俺を見た後、同じ教室にいる涼香の方を見た。

そう、こいつは俺と涼香が結婚したことまでは知らないが、良い感じなのは知っている。

「ま、それなりに楽しめたといえば、楽しめたな」

「ったく、羨ましいぜ」

「いや、お前も普通に彼女いるだろ。てか、最近はどうなんだよ」

田中には恋人がいる。お相手は今現在、涼香と話している金田美樹という女の子。

ハキハキとした喋(しゃべ)りで、とにかくノリがいい明るい子だ。

同じ美容系の専門学校を目指していることをきっかけに、どんどん仲を深めたらしい。

「あー、うん」

俺の問いかけに、田中は何とも言えない表情を浮かべた。

「えっと……。もしかして、別れたのか？」

「まだ、別れてねえよ……。まだな」

「一体どうしたんだよ」

「ちょっと場所変えっか」

俺と田中が話している場所からは遠くではあるが、金田さんもいる。

田中は聞こえないようにと、俺を廊下に連れ出す。

自分のクラスの教室以外には、入ってはダメという校則がある。

そのため、廊下では違うクラスの子同士で、駄弁(だべ)っている人がたくさんいた。

「実はよ……。美樹ちゃんにバニーガールのコスプレして欲しいって頼んだら、変態！　気持ち悪いって言われた。でも、俺は押せばきっとイケるって思ってな。強引に頼みまくったんだよ。それでガチギレされてから、ずっと気まずい」

廊下でも気を抜かず、田中は小さな声で事の顛末(てんまつ)を俺に教えてくれた。

「コスプレして欲しいと女の子に頼むのって駄目なのか？」

「頼んだところで、断られるのがほとんどだろ。現に、俺はきもい、変態死ね！　って言われちまってるんだぜ？」

おいおい、何馬鹿なことを言ってるんだ？　と田中は俺を呆れた顔で見た。

涼香はノリノリでコスプレしてくれるが、他の女の子はそうでもないらしい。

「そ、そうだな」

「サッカー一筋のサッカー馬鹿だと思ってたが、お前も欲まみれの男なんだな」

「なにがだ？」

「顔でバレバレだ。してくれって頼んだ経験あるだろ」

「さ、さあな？」

「まあ、欲望に忠実になり過ぎて、俺みたいにやらかすなよ」

テンションだだ下がりな田中は、俺の肩を叩いてエールを送ってきた。

「お前の方こそ、仲直り頑張れよ？」

「ああ、頑張るぜ。てか、彼女が嫌だと拒否ってきたら、本当にすぐ引けよ。俺みたいになっから」

かなり後悔している様子の田中に、俺はありのままを伝えてみた。

「まだ本気で拒否されたことないんだよな」

「まじか。でも納得できるな。お前ら、すげー仲良いし……」

ふと、俺は考えてしまった。

「涼香って俺に何言われたら、嫌だ！　って言うと思う？」

「嫌がることとするんじゃねえって言っただろうが。俺のアドバイスを無視する気か？」

俺と田中は朝のホームルームが始まるまでの間、楽しく色々と雑談をした。

♡♡♡

無事、２学期初日は終わりを迎えた。

初日から、７時間目までみっちりと授業が行われて、やっと自由の身だ。

校門を出ると涼香がひょこっと現れて、俺に話しかけてきた。

「裕樹〜、一緒に帰ろ！」

「ん、ああ」

俺と涼香は一緒の家に帰るべく、足を動かし始める。

「涼香って何をお願いしたら、嫌だって言うんだ？」

「え？　いきなり、どうしたの？」

田中はコスプレしてと頼んだら、嫌だと言われた。

それ以外にも、普通であれば彼氏彼女の関係だろうが、相手に対し嫌だという感情を抱くのは珍しくはないはずだ。

でも、俺は未だに本気で涼香に嫌だと拒否された経験はない。

「結婚してから、俺の言うことを涼香が本気で拒否してきたことってないなって」

「うーん。今なら、割となんでもＯＫしちゃえるんだよね……。嫌なことって言われてもさ……。あ、一つあるね」

「な、なんだ？」

「別れてくれってお願いされたら、嫌だって泣くね」

そりゃそうだ。当たり前だろと目で伝えると、涼香は改めて顎に手を当て考えてくれる。

俺も涼香が本気で嫌がりそうなことを言ってみるか。

よし、田中の失敗をぶつけてみよう。

「バニーガールのコスプレは？」

「え、してあげるけど？」

嫌がるどころか、涼香は興味津々な様子で目を輝かせている。

「だと思った」

「へいへい、もっとハードなの言ってみな？」

「俺が恥ずかしくなるから、無理」

「初心な旦那さんめ！　このこの〜、本当は色々したいんでしょ？」

涼香は肘をぐりぐりと俺の体に押し付けて、からかってくる。

ったく、何言われても平気だと余裕ぶっているのがムカつくな。

よし、ドン引きされることを言うか。

「ＳＭプレイしたいって言ったら、どうする？」

「……え、あ、へー」

伏し目がちになって余裕を失う涼香。

予想外な俺の発言に驚き、きょろきょろと目を泳がせ、顔を真っ赤にして可愛い。

俺は冗談だと口にしようとしたのだが――

「される方ならいいよ……」

か細い声で俺に涼香は言った。

「え？」

「えへへ、裕樹のこと好き過ぎて私から虐めるのは無理だもん」

心臓の鼓動が一気に速くなった。
恥ずかしがりながらも、俺がしたいのなら大丈夫だと伝えてくる涼香の目。
それを見て、ドキドキが止まらなくなる。
「じょ、冗談だからな？」
ほんと、何ならダメなんだよ。
俺の言うことなら何でもＯＫしてくれそうなお嫁さんと、一緒に家に帰るのであった。

♡♡♡

家に帰ると待ち受けていたのは鬼軍曹と化した冬華だった。
夏休みが終わり、受験勉強に当てられる時間は減る。
ゆえに、今日からはさらにビシバシと俺達をしつけてくれるそうだ。
「二人とも勉強のお時間ですよ。さっさと、自分の部屋に行って勉強をしてください」
今日は久しぶりの学校で疲れたし、別にいいじゃんと涼香は文句を言う。
すると、冬華は涼香が買ったコスプレグッズの一つである竹刀を手に取る。
バチン！　と床を叩くかと思いきや、冬華は竹刀を直接涼香に振り下ろした。

もちろん、手加減しており涼香が絶対に怪我をしない程度だ。

「痛い！　ぶたれるなら、裕樹がいいのに！」

「そんな強く叩いてないのに大袈裟ですよ？」

「ぐぬぬぬ。というか、その竹刀。私のコスプレグッズじゃん！　なに、私の部屋から盗んできてるの？」

「面白そうだったので、つい」

「くぅ〜〜。冬華のばーか！　ば〜〜か！　いい子でお留守番できない悪い子！」

負け犬かの様に逃げて行った涼香。家の持ち主であるというのに、なんとも弱い立場だ。

それもそのはず、冬華がそっぽ向いて実家に帰省しようものなら、代わりに俺の母さんが見張りにやって来てしまうからな。ここはグッと堪えるしかない。

「ほら、裕樹くんも勉強してください。サボるのであれば、裕樹くんのお母様にダメダメなので二人を1回引き離した方がいいですよ？　って言っちゃいますよ？」

「くっ……。わかったよ。わかった。勉強するから」

そう、俺と涼香の同居生活。

それが継続できるかどうかを、冬華は完全に握っているのだ。

彼女の命令に逆らってもいいことはない。

逆らえば受験が終わるまで、俺と涼香のイチャイチャ生活が奪われる。

「これは、私の愛情です。決して、嫌がらせじゃないですから」

「本音は？」

「幸せそうな二人を虐めるのって楽しいですよね」

「この、ドＳ義妹め……」

「裕樹くんのお母様に、二人ともイチャイチャして勉強しませんって言いましょうか？」

「すみません。それだけは許してください」

涼香同様に俺も冬華に負かされ、渋々と自分の部屋に行き勉強を始める。

学校が始まったら、今までよりも涼香とイチャイチャする時間が減ると覚悟はしていたが、多分想像以上に減るな。

どうでもいい話をする暇もそんなになくなるの……か？

「意外としんどい」

結婚して初めて辛いと思える事件だ。

由々しき事態であり、どうにかしなくちゃダメそう。

なにせ、今現在の俺は勉強に集中ができておらず、田中がおススメだと言って俺に渡してきたロードバイクを題材にした漫画を読んでいるのだから。

「こら、裕樹くん。勉強サボっちゃだめですって！」

俺がちゃんと勉強をしているかの様子を見にきた冬華に叱られた。

「いや、集中力が続かなくて……」

「はあ、やれやれです。お姉ちゃんの方も見に行ったんですが、裕樹くん成分が足りないとか言って、裕樹くんの絵を書きまくってましたし」

「なにそれ、見たいんだけど」

「そう言うと思ってました」

冬華は、涼香がお絵かきに使っているりんごマークのタブレット端末を手に持っていた。

でも、ロックが掛かっていて中身は見られない。

「頼んでもロックを解除してくれなそうだよな」

「まあまあ、見ててください」

こなれた手つきで、端末のロックを解除するために必要な暗証番号を冬華は入力した。

そして、普通にロックが解除され、自由に使える状態になる。

「なんで知ってるんだ？」

「秘密です」

まさか、俺のスマホのロック解除番号も、ば、バレてないよな？

冬華はワクワクと期待に満ちた顔で、端末を操作しだした。

「さてさて、お姉ちゃんが描いた絵や漫画はっと」

お絵かきアプリを開き、保存されているデータを見る。

さっき冬華が言っていた、俺の絵ってどんななんだろうな？

でも、手始めに出てきた漫画は――

男女が濃密に絡み合っていた。

しかも、男は俺に少し似ているような気が……。

さらには、俺っぽい男は女の子にかなり乱暴なことをしている。

「お、お姉ちゃんの闇を見ちゃいましたね」

気まずさのあまり、冬華はしどろもどろ。俺も驚きのあまり、声が小さくなってしまう。

「趣味は人それぞれだ。や、闇ではないだろ」

「で、ですね！　お姉ちゃんもたまにはこういうのを描きたくなりますよね！　つ、次を見ましょう。きっと、お姉ちゃんの力作が出てくるに違いありません」

それから色々と漁った。

結果から言うと、涼香の描く漫画はエロ系ラブコメばっかりであった。

しかも、エロシーンの描写は凄く力が入っている。

「ゆ、裕樹くん。これ、見たって知られたら、私達殺されますかね」

「ま、まあ、殺されはしないだろ。それにしても、涼香はエッセイ漫画家を目指してるってのは、真っ赤な嘘だったんだな」

涼香は現実に起きた出来事を少し脚色して、漫画にして読者を楽しませたい！　だなんて、よく俺に言っている。

それは、エロ系ラブコメを描いていると知られないための隠れ蓑だったんだな。

自分が妄想して考えた女の子と男の子の恋愛模様を、漫画として公開する。

キスシーンやデートシーンといった恋愛についての好みを、曝け出す行為。

いわば、一種の羞恥プレイ。それをして、恥ずかしい気持ちにならない方が珍しい。

「ねえねえ、裕樹。ちょっと休憩しよ！　って……、え？」

俺の部屋に突撃してきた涼香は目撃した。

自身のタブレット端末を見ている俺と冬華のことを。

「あ、ぁ、いやっ、ダメっ！　み、見ちゃ、ダメっっ‼」

涼香は勢いよく俺と冬華の元へ駆け寄ってきて、タブレット端末を奪う。

そして、画面に自分が描いたエッチな漫画が表示されているのを見た涼香は、声にもならない声を出し、ぺたんと床に崩れ落ちていく。

「っっっつつつ〜〜〜〜〜〜！！！」

見る見るうちに涼香の顔は真っ赤になり、目をぐるぐると泳がせ、何か言いたくても言い出せずに、口をパクパククとさせている。

見かねた俺と冬華は、慌ててフォローを入れた。

「絵、上手いな。これなら、すぐにプロになれると思うぞ」

「わ、私達は、お姉ちゃんが何を書こうと味方ですからね？」

親族に見せるには、結構きわどいラインの作品を描いている。

それを知られてしまった涼香は小さな声で笑っている。

「あ、あははは……。しにたい……」

♡♡♡

俺と冬華にエッチなラブコメ漫画家を目指しているのを知られた涼香。

別に恥ずかしいことじゃないって、何度も慰めた結果。

涼香はだいぶ落ち着きを取り戻しつつある。

「家族にエッチな漫画を描いてるのがバレるのって、やっぱ恥ずかしいね……」

「にしても意外だな。お前のことだしオープンにしてても、おかしくなかっただろ」

「ちょっとエッチな作品だし、見せるのは普通に恥ずかしいもん。別に、何でもオープンにできる程、私は図太い女の子じゃないからね？」

涼香は心外だと言わんばかりだ。

そうだな。あの、エロラブコメ漫画を顔見知りに見せるのは勇気がいるよな。

よし、安心させてあげるためにも、俺自身のスタンスを明確に伝えてあげよう。

「俺は否定しないからな。涼香がどういう作品を書こうが、俺はお前の味方だ。あのさ、今日、読ませて貰(もら)ったお前の漫画だけど普通に良かったと思う。こう、基本的にはエッチな女の子なんだけど、たま～に見せる初心な一面のギャップが凄く魅力的だった」

「ありがと。私の描く漫画を否定しないのはわかってたけど、改めて裕樹の口から言って貰えると嬉(うれ)しいね。お褒めの言葉までくれるなんて、ビックリしちゃった」

「にしても、涼香がエロ系ラブコメを描いてるとは思ってもみなかったな」

「えー、そう？　エッセイ漫画家を目指してる子が、エロ系ラブコメ漫画が好きで、ゴリゴリにコスプレに嵌(は)まると思う？」

「なんか違う気がする」

「つまり、そういうことだよ」

「あー、なるほど」

涼香がこの前、コスプレ衣装を買った漫画『サキュバスちゃんのお気に入り！』は偏見
だがエッセイ漫画が好きな人が読む本とは思えない。

最近の涼香の言動と行動からしてみても、私は『エロ系ラブコメ』漫画を描いてる！

って言われた方が、普通にしっくりくる。

てか、待った。俺はとんでもないことに気が付いてしまい、冷汗をだらりと流す。

「な、なあ涼香。雑誌だとダメそうなレベルでエッチなシーンを描きこんでるけどさ
……」

「えへへ……。裕樹のおかげ。まあ、あんなに描きこむ必要はないんだけどね」

「おまっ、本当に作画資料にしてやがったな⁉」

そう、俺のパンツの中身を写真に撮っていた涼香。

どうせ嘘だろうと思っていたが、本当に資料にされていたらしい。

色々と理解が追い付かず茫然（ぼうぜん）と立ち尽くす俺に、涼香は情報を付け加えていく。

「ちなみに、裕樹のパンツの中身を参考資料にしてるってバレたとき、あ、これは私がエ

ッチな漫画を描いてるのが裕樹にバレちゃった⁉ って冷汗がヤバかったね……」

涼香の口から語られる真実。聞けば聞くほど、涼香がエッセイ漫画ではなく、エロ系ラブコメの漫画を描いてるとしか思えなくなっていくな……。

色々と衝撃を受けつつも、俺は念のため涼香に頭を下げた。

「改めて謝らせてくれ。勝手に、涼香が描いてる漫画を読んですみませんでした」

隠すのは隠したいからだ。

それなのに、興味だけで涼香の隠し事を暴いたのは不味かった。

しっかりと頭を下げ、涼香に許しを請う。

「別に気にしてないよ。隠してるって言っても、商業デビューしたら、エロ系ラブコメ描いてる！ ってカミングアウトするつもりだったし」

趣味か仕事かで何故か人は見方を変えがちだ。

漫画やイラストなんて特にそういう風潮が強いと思う。

ゆえに、涼香は商業デビューするまで言いたくなかったたってわけか。

「デビューの予定は？」

「今のところなし。SNSで頑張ってるんだけど、これがまあ、中々伸びなくてね……」

「へー、持ち込みとかはしてないのか？」

「今時、そのやり方じゃ難しいよ。特にエロ系ラブコメなんて、持ち込むよりも、ＳＮＳで人気を集めて、出版社からお声を貰う方が圧倒的に商業デビューできるね」

よくわからないが、何か凄そうな考えで動く涼香。

俺がわかるのは思っているよりも、漫画家になるのって大変そうだということだけだ。

「ちなみに今って、ＳＮＳのフォロワーは何人いるんだ？」

「１万人くらい」

「多くね？」

「まだまだだね。はー、頑張ろっと。ま、受験の方を先に頑張らなきゃだけど」

「漫画に全力投球って選択肢はないんだな」

「ないない。だって、漫画は好きだけど、普通に大学生になって、コンパしたり、サークル活動したり、色々としたいからね？」

漫画家志望だからと言って、そこ一辺倒な生活を送りたい訳じゃない。

涼香はそういう子で、夢を追いつつも楽しいこともしたいのだ。

「お前が羨ましいな」

「ん？」

急にどうしたの？　という顔で涼香は俺を心配そうに見てくれた。

「夢とか、やりたいことがあるって、本当にいいなって」

サッカー選手の夢を叶えることができなかった俺。

いや、正確には諦めたという方が正しいな。

それ以来、まだ一番したいってハッキリと言えることは見つかっていない。

「そりゃ、受験生なんだから、勉学以外のインプットが少ないのに、裕樹が新しい大きな夢を見つけられるわけないじゃん」

「……確かに。でも、大学に合格した後は、持て余した時間をどうしようかって不安でな」

「合格してから、その心配しなって」

ごもっともな発言に苦笑いしか出ない。

「大丈夫。私が思うに、裕樹は受験が終わったら、私とのイチャイチャ以外にも、したいことで一杯になって、そこから大きな夢を見つけるよ！」

涼香は堂々と胸を張り、俺の背中を強めに叩いた。

「何を根拠に……」

「だって、裕樹、変わって来てるじゃん」

「ん？」

『サキュバスちゃんのお気に入り！』を読んだとき、なんて言った？」

「悪くないなって」

「そうそう。昔だったら、面白くない理解できないって言ったもん。つまり、今はサッカー以外のことも、ちゃんと興味を持てるようになってる証拠でしょ」

「そうだな。昔と今の俺は全然違うか」

サッカーを辞めたばかりのときよりも、色んな事に興味をちゃんと持てている。

ただ、涼香とイチャイチャしてるだけじゃなくて、それ以外にも気になることが増えた。

それに気が付いたからか、心の奥底でいつも燻っていた焦りがすっと消えていく。

「ねえねえ、裕樹。私とのイチャイチャ以外でなにしたい？」

涼香は意地悪にも俺にしたいことを聞いてきた。

焦りが消えたこともあり、俺は深く考えずに自然と冗談めいた感じでこう言うのだ。

「俺は何か楽しいことをしたい」

「んふふ、そっか。じゃあ、楽しいことたくさんしようね？」

この日、俺は真の意味でサッカー選手になるという呪縛から、解放されたのかもしれない。

第7話　中華喫茶でチャイナドレス

２学期が始まり２週間が経った。

夏休み気分の浮かれた雰囲気は、すっかり鳴りを潜めている。

授業と授業の隙間時間、受験をする子は単語帳を手にして勉強に精を出す。

専門学校に通うのを決めた子達は、進路も決まっているからか、お喋りに夢中だ。

生徒の二極化が進む中、そのどちらもが楽しみにしている高校生最後の、大きなイベントが迫ってきた。

そう、文化祭だ。

高校生活で一番大きなイベントといえば、文化祭。

俺と涼香が所属している３年２組の出し物は中華喫茶。

中華風な内装のお店で、点心を提供するといったものだ。

無事に成功させるべく、受験組と専門学校組、それ以外も含めた全部の勢力が手と手を取り合って、準備を進めていくはずだったんだけどな……。

全然と言っていいほど、準備は進んでいない。

この原因は、中華喫茶の責任者となった堺奈々さんによる影響が大きい。

彼女は良く言えば、他人の意見をしっかり聞く子であり、悪く言えば、自分じゃ決められない子なため、中々にどうするのか決まらないのだ。

上手くリーダーを務める事のできない堺さんは、友達である涼香に泣きつく。

「ど、どうしよ……」

「私が代わりにクラス代表しよっか？」

「え、いいの？」

「去年のクラス代表をしてたから、文化祭の規則とか色々と知ってるし」

２年生の文化祭のとき、涼香はクラスの代表として皆を指揮し、メイド喫茶を成功させた。

今年もやるつもりだったらしいが、堺さんがやると言ったので譲っただけだしな。

信用も実績もある涼香が堺さんの代わりに、新クラス代表に就任する。

そのことに、誰も異を唱えることはなかった。

そして、涼香による独裁政権が幕を上げる。

「私達のやるお店は点心を扱う中華風喫茶店。よし、チャイナドレスを着よっか！」

「やられたわ。あの子に代表をさせたら、こうなるってわかってたのに……」

「うえーい。女子のチャイナドレス姿を見られるとか最高じゃん」

女子のチャイナドレス姿が見られそうになり、うきうきな男子生徒。

それに対し、涼香は何言ってるの？　って顔で宣告する。

「男子もだよ？」

「……くっ、そんな気はしてたよ！」

男子達は、こいつはこういう奴だと忘れていたと頭を抱えて嘆きだす。

こんなことになるのなら、俺が、いや、私が、クラスの代表をやれば良かったと後悔しだし、涼香と幼馴染である俺に相談してきた。

あいつの暴挙を止めてくれ、私（俺）達、はコスプレしたくないと。

「俺がやめてくれって言っても、話聞かないと思うぞ？」

「そこを何とか、頼む！　俺達はチャイナドレスなんて着たくねえ！」

「そうよ。私も恥ずかしいから嫌よ！」

「まあ、数着しか用意できないだろうし、全員が着るってことにはならないだろ。そこまで気にしなくてもいいと思うぞ」

「……確かに」

「それもそうね。楽しそうって言ってる子達だけ着ればいいものね」

「俺達の頭が固かったぜ。そりゃ、予算もあるし数着くらいしか用意できないもんな。となると、着る人も限られるわな」

俺の発言に納得したコスプレしたくない者達は去っていく。

それを見送っていたときであった。

悪そうな感じでニヤリとしている涼香が、俺の方を見ていることに気が付いた。

あー、なんか考えてるなあいつ。

そして、涼香がニヤリとしていた理由はすぐに判明した。

７時間目のＬＨＲ（ロングホームルーム）だが、今日は文化祭のために使ってもいいことになっている。

クラスの代表である涼香は、音頭を取るために教壇に立った。

そして、俺達にとある報告をする。

「じゃ～ん！　備品室を漁ったら、過去に使用されたチャイナドレスがたくさんあったよ」

過去に開催された文化祭で、チャイナドレスを使ったクラスがあった。

持ち帰ってもしょうがないとのことで、学校に寄付されていたものを、涼香が備品室から発掘してきたらしい。

「数も用意できたし、これなら全員で着ることができそうだね？」

俺にチャイナドレスを着たくないと相談してきた者達の方を見て、涼香は言った。

「……え、ええ」

「そ、そうだな」

チャイナ服を着たくないので説得を頼んできた奴らは、俺を睨む。

何が、予算がなくて数を用意できないから、着る人は少ないだろうだ。

普通に着る羽目になりそうだろうが！　と。

いや、俺悪くなくね？

♡♡♡

気が付けば、あっという間に文化祭前日。

準備日である今日は、普通の授業はない。

朝から放課後まで、存分に明日の文化祭に向けた準備を行える。

迷路やお化け屋敷をやるクラスは大変そうに準備を進める中、俺達のクラスも中華喫茶と名乗るからには、中華っぽい感じを目指して内装を施していく。

机をくっ付け、その上に中華っぽいテーブルクロスを敷いたり、風船や紙でできた花で殺風景な壁を彩ったり、様々な装飾をした。

また、教室の外にも、中華をイメージした喫茶店であることがわかるように看板を設置。

基本的に飲食系は長蛇の列ができやすいので、列整備のためのプラカードも作った。

着々と準備が進んでいく中、一番頑張っているのは――

「そっちもお願いね～」

堺さんからバトンタッチし、クラス代表となった涼香だ。

そして、昼をちょっと過ぎた頃、中華喫茶の内装は完成した。

無事、内装もできたので、次は料理提供と接客のシミュレーションをすることに。

ごくりと息を飲み、本当にこれを着るのか？　と臆していた者も、文化祭特有の浮ついた空気に流され、チャイナドレスを着る決意も湧いたようだ。

「ま、いい機会だしな」

「ええ、こんなことをできるのって、高校生くらいだものね」

あんなに着るのは嫌だと言っていたのに、結構ノリノリにチャイナドレスに着替え、接客の練習をし始めた。

その傍ら、俺含めた調理担当の人は調理室へ。

俺らのクラスが販売する料理は、中華喫茶の名に相応しいシュウマイや餃子や春巻きといった点心。飲み物はウーロン茶と黒ウーロン茶だ。

その調理を試しにしてみる。シュウマイと餃子は出来合いの物を蒸し器で温め、春巻きは冷凍の物をレンジでチンだ。

飲み物であるウーロン茶と黒ウーロン茶は、缶をそのまま提供する。

うん、なんだろう。残念な感じが凄い。

まあ、しょうがないよな……。高校生の文化祭なんて衛生基準が厳しくて当然だ。

包丁の使用禁止。あらかじめ火の通ってない肉、魚介類の使用禁止。

パスタのソースは市販のものに限り、アレンジは調味料のみ可。

料理を作れる場所は、調理室のみ。それ以外の場所では不可。

色んな制約を守ろうとしたら、こうなってしまうのだ。

「裕樹、そっちの様子は？」

接客組を監修していた涼香が調理室に様子を見に来た。

「ああ、ちょうどできた。というわけで、運んでくれ」

「うん、それじゃ」

トレイに温めた料理を載せて、運んでいく涼香。

調理室で俺達が作り、チャイナドレスを着た子がそれを教室へ運び提供する。

明日は、延々とこれの繰り返しになると思われる。

確認作業を終えると、俺含めた数人の調理担当は後片付けを済ませて、調理室を後にした。

俺が教室に戻ると、そこには楽しそうな光景が広がっている。

次は俺が着るとチャイナドレスを奪い合う男子と、ノリノリで記念写真を撮っている女子と、お店の様子を見に来た担任の山崎先生にも着せようとする悪童生徒ども。

「涼香。遊ばせておいて、いいのか？」

「大丈夫だよ。最低限の接客はできるような練習はしたし」

「ま、言葉遣いも多少おかしかろうが、そこまで文句を言ってくる奴はいないか」

「そうそう。それにしても、最後の文化祭か～」

涼香はどこか遠い目をしながら、そう言った。

「……だな。これが終われば、本当に進路に向けて一直線だ」

「一応、体育祭もあるけど、文化祭に比べたら劣るもんね」

「それにしても、明日は楽しみだよな」

「うんうん。ほんと、何とかなって良かったよ」

俺達の文化祭のスタートは最悪だった。

涼香がリーダーになる前は、何もかも決まっていなかった。

でも、なんだかんだで上手くやれている。

ぼーっと、教室に広がっている光景を眺めていると、涼香は俺の意識を引くために頬をつねってきた。

「いててて」

「ねえねえ、なに考えてるの？」

「そっか。それにしてもあれだね。私達はこんな風に楽しいけどさ……」

涼香の曇った顔。

不安要素なんて、あったか？

いや、違う。これは、文化祭について不安がってるんじゃなくて……。

「もしかして、冬華のこと気にしてるのか？」

「うん」

涼香は冬華のことを考えていた。

冬華は陸上部でコーチからセクハラを受けている子を助けた。

そして、コーチを追い出したはいいが、少なからず優秀であったコーチを慕っていた者達はいて、そいつらの恨みを買ってしまい、嫌がらせを受けるようになった。

そのせいで、通信制の学校に転校せざるを得なくなってしまった可哀そうな子だ。

本来であれば、彼女もこんな風に楽しい高校生活を送る権利があった。

それを無慈悲にも奪われてしまったのを、涼香は気にかけている。

「冬華にも、こういう雰囲気を味わわせてあげたいよな」

「というわけで裕樹よ。文化祭２日目は冬華と一緒に回ってあげてね。嫌いな私と一緒に歩いても、楽しくないと思うし」

「冬華はお前のこと嫌いじゃないだろ」

「えー、そんなことないって。この前も、ご飯作ってくれたから、よしよしって撫でたら、キモいです！　ってぶん殴られたもん」

「ちなみに、どこを撫でた？」

「育つように胸をちょっとだけ」

「そりゃ、殴られるだろうが」

「まあまあ、ない胸触ったことは置いておいて、2日目は冬華のことよろしくね？」

「ああ、任せてくれ。あ、浮気はしないから、安心しとけよ」

「ふふっ、知ってるし、信用してるよ」

♡♡♡

文化祭1日目が始まった。

学校に通う生徒と教員だけが楽しめる日で、一般開放はされていない日。

なのに、なのにだ。

「次、これ持って行って！」

「シュウマイにからしがついてないよ！」

「シュウマイ2と餃子3追加で～す！」

俺達の中華喫茶は予想を通り越して、大繁盛している。

原因はチャイナドレスの物珍しさだ。

本来であれば一番賑わうメイド喫茶を抑え、かなりのお客さんが押し寄せている。

ちなみに、サービスがいいってのも理由の一つだ。

「おいしくな～れ、おいしくな～れ、萌え萌えきゅん♡」

チャイナドレスを着た男子が、シュウマイに愛を注ぐ。

そう、メイド喫茶と同等のサービスを中華喫茶では受けられるのだ。

チャイナドレスを着た男子を見たお客の女子生徒が『え、きっも！』『ねえねえ、写真撮っていい？』『あははは、なにそれ』『ポーズとってよ！』とチヤホヤ？　と話しかけてくれるので、男子は上機嫌。

で、メイド喫茶みたいに、『萌え萌えきゅん♡』と、オムライスではなく、シュウマイ、餃子、春巻きに『美味しくなるおまじない』を勝手に提供し出したのだ。

メニュー表には載ってない裏メニューとしてな。

「し、シュウマイ1つ。おまじないもください」

チャイナドレスを着た可愛い女子にそう注文する男子生徒のお客さん。

ご愁傷様だ。おまじないのサービスはあれなんだ。

男子が勝手にやり出したサービスなわけで――

「かしこまりました。男子～、このお客様がおまじないしてくださいだって～～～」

「おう、任せろ。それでは、お客様。真心こめて、シュウマイにおまじないをさせて頂きますね。それでは、ご一緒に！　おいしくな～れ、おいしくな～れ――」

男子限定であり、女子によるおまじないのトッピングは一切ないのだ。

何事もなく、順調にお店を運営できている。

だが、俺は虫の居所が悪くてしょうがなかった。

「はい、お待たせしました。シュウマイと春巻きで～す！」

元気よく接客をしている涼香。

「三田さんのチャイナドレス可愛くね？」

「並んだ甲斐があったよな。くそっ、萌え萌えきゅん♡　して貰いたかったな」

「ああ、まったくだぜ。あんな可愛い子から萌え萌えきゅん♡　されてみて～～～」

チャイナドレスを着た涼香が男子からモテモテなのが、なんかムカついてしょうがない。

そんな俺の気持ちが伝わったのか、涼香はすれ違いざまに俺に言う。

「嫉妬しちゃって可愛いから、裕樹には後で特別サービスしてあげるね？」

♡♡♡

せっかくの文化祭を楽しむべく、俺と涼香は二人で校内を回る約束をした。

そう、文化祭でのプチデートってやつだ。

待ち合わせ場所の裏庭で待っていると、チャイナドレスを着たまま涼香が走ってきた。

「お待たせ！」

「着替えてこなかったのか？」

「私がチャイナドレスを着て歩けば、お店の宣伝になるからね」

俺と涼香は合流し、文化祭を楽しむべく歩き出した。

どの模擬店に入ろうかと悩みながら歩く。

去年も何だかんだで一緒に文化祭を見て回ったのだが、今年はちょっと雰囲気が違った。

「えへへ、好きな人と文化祭デートって思うとドキドキしちゃうね」

「去年も一緒に文化祭を見て回ったけど、今年はなんか違う気分だよな」

「あ、綿菓子食べたい！」

綿菓子屋さんの前で涼香は立ち止まり、即購入。

機械を使って作る綿菓子を想像する人が多いが、文化祭ではそうはいかない。

うちの高校では、綿菓子機は火事の危険性があるとのことで、袋入りの既製品しか売るのを許されていない。

「さすが文化祭品質」

「まあまあ、既製品の綿菓子でも美味しいもんは美味しいんだから、文句言わないの」

涼香は綿菓子を俺の口に放り込む。

しゅわっと口の中で溶けていき、あっという間に綿菓子は口の中から消えていった。

「で、どうする？」

「んふふ、私はどうしても行きたいところがあるんだよね」

そう言われて涼香に連れて行かれたのは……。

占い同好会主催の恋愛診断の館だ。

どうやら、カップルの相性を判断してくれる出し物らしい。

開催場所は図書室の隅っこ。

いかにもな雰囲気を出すべく、黒のローブを着た占い同好会の生徒が待ち受けていた。

「それでは占いますね。うぬぬぬぬ～～～～～あなた達の相性は……」

涼香も俺も、ごくりと息を飲んで結果を待った。

ちらりと俺と涼香の顔を見て、占い師をやっている生徒は重苦しそうに口を開いた。

「最悪ですな。おそらく、結婚は無理でしょう」

「ぷっ……」

「あはは」

俺と涼香は目を合わせて笑ってしまう。

その様子は占い師の生徒からしてみれば、意味不明であった。

「……なんで笑っているんですか？」

「いや、外れるとわかってるので」

「な、なんですか、その私の占いを信じてない喧嘩を売る態度は!?　いいですか、そもそも高校生で付き合ったカップルが結婚する割合はですね……」

「うんうん。そっか」

「へー、そんな統計があるのか」

「ず、随分と余裕そうですね？　さ、さては私達はラブラブだから、絶対に結婚しないって選択肢はないと思っているバカップルですね！」

「え～、違うよ？」

「くっ、こんな頭お花畑の奴らを占うんじゃなかった。ほら、邪魔なのでさっさと帰った帰った！」

しっ、しっと手で追い払われた俺達は占いの館を去る。

廊下に出ると、俺と涼香は改めて笑ってしまう。

「あの占いが絶対に当たることはないよね」

「ああ、そうだな」

占い師には結婚は絶対にできないと言われたけどさ、俺達はすでに――

結婚しちゃっている。

「さてと、次はどこ行く？」

「そうだな――」

それから俺達はカレーを食べたり、迷路に入ったり、ヨーヨー釣りをしたり、本当に色々として一日中楽しんだ。

♡♡♡

あっという間に、文化祭１日目は終わって、２日目。

今日は学校外のお客さんも入場可能であり、近所の方や、通っている生徒の知り合い、我が校に入学を希望している中学生が数多く訪れる。

午前10時20分。そろそろ校門に着くとメッセージを貰ったので、俺は校門へ。

程なくして、メッセージを送ってきた人物が現れる。

「お、来たか」

「はい、遊びに来ましたよ。今日はお誘いありがとうございます」

現れたのは、涼香の妹である冬華。服装はチノパンにパーカーで、スポーティな感じだ。

彼女は不幸に見舞われ、陸上部の強い全日制の学校から、通信制の学校へ転校せざるを得なくなってしまった可哀そうな子。

文化祭も本来であれば、俺達のように普通に楽しめたのだが――

その機会は奪われた。

本来であれば手に入れられた文化祭での楽しさ。

それを少しでも味わわせてあげたいので、今日は呼んでみた。

催す側とただ遊びに来るのとじゃ、差は大きいけどな。

まあ、ちょっとでも楽しんで貰えたら嬉しい。

「まずはトイレで、これに着替えてこい」

とある服が入った小さめなリュックを冬華に渡す。

涼香が用意してくれた今日に相応しい、とっておきの衣装が入っている。

「え？」

「ほら、今日はたくさん遊ぶんだし、さっさと着替えて来い」

俺は冬華の背中を優しく押してあげた。

♡♡♡

「お、似合ってるぞ」

「これ、大丈夫なんですか？」

「大丈夫だって。堂々としてれば、絶対にバレないから」

「でも……」

トイレから落ち着かなそうに、もじもじとしながら出てきた冬華の格好。

それは、俺と涼香の通っているこの高校の制服だ。

まずは格好から、楽しんで貰おうってわけである。

「ま、バレたら、姉のコスプレですって言い張れ」

「ふふっ、なんですか。その言いわけ」

俺のちょっとおかしな発言に冬華は笑った。

さて、冬華の踏ん切りもついたっぽいし、文化祭を楽しむ準備はできたな。

「じゃ、行くか。最初はどこ行きたい？」

「そうですね……。裕樹くんの行きたいところで」

「お化け屋敷からだな」

「……やめません？」

「もしかして、怖いとか？」

「わ、わかりましたよ。裕樹くんが行きたいって言うのなら、しょうがないですね」

今年、お化け屋敷をやっているクラスは4つ。

1年2組の恐怖迷宮という名の、お化け屋敷にでも向かうとしよう。

目的地へ向け歩き出した後、俺は冬華に話題を振る。

「冬華はさ、通信制じゃなくて、全日制の学校に編入する気はなかったのか？」

「ないですよ。漫画やアニメじゃあるまいし、転校先で皆と馴染める確率なんて、実際はそう高くありません。なら、通信制一択です」

「……悪い、変なこと聞いた」

「いえ、気にしてませんよ。というか、裕樹くんは私なんかと一緒に文化祭を楽しむよりも、お姉ちゃんと楽しめば良かったのに」

「もうすでに楽しんだぞ」

「あっ、はい。そうでしたか……。ほんと、二人はズルいです。私にも、その幸せを分けてください」

冬華はむっとした顔をし、ふんっとそっぽを向く。

そりゃ、羨ましい。俺だって、冬華の立場だったら羨ましくて妬むと思う。

「だから、こうして幸せを分けてあげるために、文化祭に呼んであげたわけだ」

「現金でください。裕樹くんがお姉ちゃんに甘やかしすぎるなって言ったせいで、お小遣いを全然くれなくなったので」

「ったく、お前は金に群がる厄介親族か？」

「ふっ、かもしれませんね。まあ、そのうち私以外の本当にやベーのが現れるかもしれないので、そのときは気を付けてくださいね」

「……ああ、気を付ける」

　大金を手にした俺と涼香。

　親戚がその噂を聞きつけ、金を貸してくれだの、会社に融資してくれだの、ちょっとくらいご祝儀として寄こせだの。

　そんな風に群がってくるのが、普通にあり得そうでちょっと怖い。

「それにしても、私と遊んでいたら、お姉ちゃんが嫉妬しちゃうと思いますよ？　そこら辺は、大丈夫なんですか？」

「涼香公認だから平気だぞ」

「え？　優しい裕樹くんが、文化祭を楽しむ機会を奪われた哀れな私を慰めるべく、ここに呼んでくれたんじゃ……」

「今、冬華が着てる制服を、誰が用意したと思ってるんだ？」

「お姉ちゃんのを勝手に持ち出したんじゃ？」

「酷い言い様だな。涼香が用意したんだよ。そもそも、俺は涼香に言われなきゃ、こういう風に冬華をエスコートする気はなかったし」

　冬華には申し訳ないが、文化祭に遊びに来たら？　とまでは言うが、一緒に回ろうという気にはどうしてもなれなかった。

「ちなみに、理由は？」

「冬華は俺の妹みたいな存在だが、涼香以外の子とデートしちゃうのはな……」

「あははは、きもっ」

ん？　今、罵倒みたいな言葉が俺に飛んできたような気がする。

笑っている冬華に、しれっときもって言われた？

「……まあ、いいか。俺と冬華がデートすることに対し、涼香が嫉妬して怒るとかはないから、安心しとけ」

♡♡♡

冬華と一緒にお化け屋敷から出た。

横にはぶるぶると震え、俺の腕にしがみつく冬華がいる。

気が強くても、お化けは苦手なところが可愛い。

「せっかくだし、違うお化け屋敷にも行くか？」

「もう、行きません！」

「あははは。わかった、わかった」

お化け屋敷を楽しんだ俺と冬華は、浮ついた雰囲気の校内を歩き出した。

歩き始めて１、２分が経ったとき、冬華は立ち止まる。

「あ、裕樹くん。ここに入ってみません？」

「自転車部？」

冬華が興味を示したのは、自転車部の出し物だ。

どうやら、自転車で行った旅先で撮った写真を展示しているらしい。

「写真以外にも、ロードバイクの実物が触れるそうですよ」

「へ〜、ロードバイクに興味あるのか？」

「いえ、私はありませんよ」

冬華は心底興味がなさそうに言った。

「じゃあ、なんで？」

「この前、ロードバイクの漫画を読んでたじゃないですか。裕樹くんが」

「読んでただけだし。別に欲しいってわけじゃ……」

「裕樹くんは無趣味なことを悩んでるんですよね？」

「まあ、そうだな」

「じゃあ、触ってみましょうよ。没頭できる趣味にしたくなっちゃうかもしれませんよ？」

今の生活は十分楽しい。
ただ、文句を上げるとすれば、俺にはしたいと思える何かがないことくらい。
漫画が好きで、漫画家になりたいと目標を掲げる涼香が羨ましい。
だからこそ、俺も何かどっぷりと夢中になれるモノを探している最中だ。
よし、冬華の言う通りだ。
「ああ、そうだな」
涼香とイチャイチャする以外にも、ちゃんとした生きがいを見つけたい。
まずは何事にも、興味を持って接してみるか。
俺は実物のロードバイクに触れる。
すると、驚きのあまり声を出してしまう。
「おっ？」
普通の自転車と全然違うのだ。
片手で持ち上げることができるくらい、ロードバイクは軽かった。
俺が持たせて貰ったのはクロモリという素材で作られているとのこと。

なので、アルミ、チタン、カーボンで作られたロードバイクはもっと軽いらしい。

「跨ってみる？」

自転車部の生徒が言った。

遠慮することなく、俺はロードバイクに跨ってみる。

思っていた以上に、普通の自転車と乗り心地の違いにこれまたびっくりだ。

「触れてみなきゃわからないこともあるんですよ？」

横で俺の様子を見ていた冬華は、ニコッと俺に笑いかけてきた。

「ああ、そうだな」

触れてみなきゃ知れないこともある。

俺はそれを肌で実感した。

にしても、あれだ。実物に触れたら、ロードバイクに興味が出てきたな……。

♡♡♡

冬華と一緒に文化祭を回っている。

よし、そろそろ時間だな。

涼香から『私が接客しているときに冬華を中華喫茶に絶対連れて来い』と頼まれている。

俺はその通りに中華喫茶を訪れることにした。

「はい、冬華はこっちね！　裕樹は私がいない間、お店よろしく！」

チャイナ服を着ている涼香は冬華の存在に気が付くと、拉致していった。

涼香の代わりにお店で働くこと、数分。

「ちょっ、これなんか、私のだけ、皆と違くありません？」

スリットは深く、胸元にちょっとした穴の開いた白色のチャイナドレスを着た冬華が、
涼香に連れられて姿を現した。

「んふふ、だって、冬華はうちの高校の生徒じゃないからね。文化祭基準無視のちょいエロでも問題ないもん。さてと、冬華にはせっかくだし、手伝わせてあげるね」

「なにをです？」

「我が3年2組がやってる中華喫茶を！　ほら、通信制の高校に通う冬華は、一度も文化祭を作る側に回れないでしょ？　私は優しいから、冬華を働かせてあげるってわけ」

「そんな、他の人に迷惑な……」

「大丈夫だって。この時間帯に働いてる子達に、うちの妹を働かせてあげてもいいよね？って許可取ったし」

「いえ、料理を提供してるんですし、検便とかしてない私が関わるのは不味いんじゃ……」

「ううん。そこら辺は平気だって担任の山ちゃんに確認取ってある。調理室で調理する子は検便が必要。でも、そこ以外で働く子は検便する必要はないんだって」

さすが、俺のお嫁さん、抜け目ないな。

「わかりましたよ。働けばいいんでしょ、働けば！」

涼香に流され、冬華は渋々中華喫茶の手伝いを始める。

俺はそれをちょっと遠目で眺めている。

あたふたとしながらも、文化祭を作る側として楽しみ始めた冬華。

「いらっしゃいませ！　何名様ですか？」

接客しているとき、たまに見せる冬華の笑顔はいつも以上に輝いている気がする。

俺と涼香は幸せで一杯だ。それなのに、小さい頃はよく俺と涼香に着いてきた冬華は不幸な目に遭ってばかり。

そんなのは許せないし、見過ごせるわけがないに決まっている。

今日はそんな彼女を慰めるような日になってくれたら、嬉しい。

「ちょっと、裕樹〜。見てるんだったら、手伝ってよ！」

涼香から手伝えと言われてしまう。

「わかった。わかった」

小さい頃からずっと仲良しな幼馴染3人組で、文化祭を楽しみ始めるのであった。

何事もなく30分が経過した。

冬華がうちの高校の生徒じゃないことに気が付いた先生が、声を掛けてくる。

「君、その服の露出はちょっとダメじゃないかね？」

あ、違った。チャイナドレスの露出が激しいことについての注意だな。

「……あっ」

どうしていいかわからない冬華。

それに気が付いた涼香がすかさず、フォローを入れる。

「その子は店員じゃないですよ。あと、うちの生徒でもないです」

「ん、ん？」

内容をイマイチ飲み込めない先生。

「その子の服装は趣味ですし、お店を手伝ってなんかないです」

「そ、そうなのか？」

「ね、冬華」

「え、あ、はい。そうです。この服装は私の趣味です。あと、ただ単にここには遊びに来ただけで、店員ではありません」

「そういうことなら、別にいいが。このお店の店員だと勘違いされないように気を付けてくれると助かる。露出が激しい衣装のお店なんて思われて、校内の風紀を乱していると保護者から、勘違いされては困るからね」

　そう言って、冬華に目を付けた先生は去って行った。

　冬華のチャイナドレスは露出が激しい。

　学校側も風紀が乱れていると思われたくないし、先生の言う通りだ。

「あははは、ヤバかったね。さてと、冬華の格好はこのままだと不味い。私達が使ってるチャイナ服に着替えなきゃ」

　涼香の申し出に冬華は、満足気に答えた。

「いいえ、大丈夫です。もう、十分なくらい楽しめました」

「うん、そっか。良かった、良かった」

「あ、あの……」

涼香に対して少し伏し目がちな冬華は口をもごもごとさせ、何かを言いたげだ。

「どうしたの？」

「その、お姉ちゃん。今日はありがとう……」

「妹のためなら、このくらいは平気。むしろ、ごめんね。このくらいしかできなくてさ」

「いえ、そんなこと……ないです。今日は、本当に楽しかったです」

涼香と冬華。二人の間には、しっかりとした繋がりが見える。

二人がこれからも、姉妹として仲が良いのが続いて欲しいな。

「そういえば、お姉ちゃん。私の着替えはどこにやったんですか？」

「そのままでよくない？」

「いえ、着替えたいです」

「まあまあ、そう言わずにね？　裕樹、連れて行っていいよ！」

「ああ、そうだな」

チャイナ服を着た冬華の手を引っ張る。

「ちょっ、裕樹くん!?　さすがに、このままは嫌です。嫌ですから！」

可愛い子とはイジメたくなるもの。

ちょっと際どいチャイナドレスを着ている冬華の手を、俺は引っ張った。

冬華 Side

お姉ちゃんと裕樹くんの家に来てから、毎日が楽しい。

あんなにも不幸で、捻くれていた私の気持ちはすっかりと、前向きに戻りつつある気がします。たまにしんどくなるときはありますけどね。

「お姉ちゃんが優しくて可愛くて、うへへ……」

リビングにある大きなソファに私は寝転び、クッションを抱えながら悶え苦しむ。

お姉ちゃんが優しくなった。

結婚してからのお姉ちゃんは、まるで別人の様です。

相変わらず、辛辣な言葉を私にぶつけて来ますが、前と違って言葉に嫌なトゲトゲとした感情は籠ってません。

不幸に見舞われた私を慰めようと、色々としてくれます。

裕樹くんが、お姉ちゃんを好きな理由がよくわかりました。

「いい女ですよね。お姉ちゃんって」

「ただいま～」

お姉ちゃんが学校から帰ってきました。

私は玄関へ駆け寄ります。

「お帰りなさい。お姉ちゃん」

「冬華がお出迎えしてくれるなんて、珍しいね」

妹がお出迎えしてくれる、ありだねという可愛い顔で私を見てくるお姉ちゃん。

「たまたまですよ。たまたま」

今なら、私に割となんでもしてくれそう。優しくて、頼りがいのある姉に対し、私の口から、とある疑問が零れました。

「お姉ちゃんって、私をどこまで甘やかしてくれるんですか？」

「ん～、裕樹のこと好きそうじゃないし恋敵でもないから、すっごく甘やかしてあげる。ささ、何かされたいことを言ってみな？」

ニコニコと私に言ったお姉ちゃん。

　どこまで甘やかしてくれるのか、私は試してみることにしました。

「お風呂に一緒に入るのはどう……です？」

　あ、やっちゃいました。なんてことを私は口走ってしまったんでしょうか。

　大きな目を開いて驚いているお姉ちゃんに、私は言い訳を始めます。

「じょ、冗談ですからね！」

「えー、私はもう入る気満々だったのに……」

「いいんですか？」

「そりゃあ、可愛い妹の頼みだもん。一緒にお風呂くらい、入ってあげる！　で、どうして一緒に入ろうだなんて頼んできたの？」

　なんでなんで？　と興味津々に聞かれました。

　そう、ただ単にお姉ちゃんに甘えたいからではなくて、ちゃんと一緒にお風呂に入りたいと言った目的はあります。

「お姉ちゃんの髪がつやつやで羨ましくて……。どうやって、お手入れしてるのかなと気になってたんです」

「んじゃ、教えてあげるね？」

　優しい優しいお姉ちゃん。

どうやら、私のお願いは何でも聞いてくれるみたいです。

この日、私の理性は崩壊しました。

♡♡♡

「味見をお願いしてもいいですか？」

「どれどれ」

キッチンで冬華と涼香が楽しそうに話している。

あの二人だが、最近は凄く仲が良い。

一緒にお風呂入っていたり、一緒にメイクやヘアアレンジを試したり、一緒にゲームしていたり、キャッキャと楽しそうに過ごしていることが増えた。

冬華はひたすらに涼香に甘やかされた結果――

お姉ちゃん大好きっ子へ、変貌を遂げたわけだ。

「お姉ちゃん、味はどうでした？」

「これはレストランに負けないね」

「ふふっ、ありがとうございます。そういえば、テレビで美味しそうなケーキバイキングのお店の特集をやってて、行きたいな～なんて」

「じゃ、行こっか」

「えへへ、ありがとうございます」

凄く楽しそうな二人。

ちょっと蚊帳の外な俺も、話に混ざりに行く。

「食べ放題に行くなら、俺も一緒に……」

「血の繋がった姉と妹の戯れを邪魔しないでください」

「ぐっ……」

冬華は涼香にツンツンしてたのに、今ではべったりだ。

そして、俺は冬華に嫌われた。

「なあ、まだ怒ってるのか？」

「今でも、恥ずかしくて顔から火が出そうですよ……」

ちょっと過激なチャイナドレスを着た冬華を、俺は色んな所へ連れ回した。

あれが、相当に駄目だったらしい。

未だに怒りは健在のようで、冬華から俺への地味な嫌がらせが今日も続いている。

「お姉ちゃん、今日も一緒にお風呂に入りたいです」

「えー、今日は裕樹と入りたかったんだけど……」

俺と涼香のイチャイチャを邪魔してくるようになったのだ。

「涼香は俺のお嫁さんだぞ？」

「その前に、私のお姉ちゃんですよ？」

ぐぬぬと互いに睨みを利かせいがみ合う。

俺と涼香だけで過ごすイチャイチャな時間。

冬華がやって来ようが、あまり脅かされることはないと信じていた。

どうやら、それは甘い考えだったようだ。

なにせ、俺のお嫁さんは——

「お姉ちゃん♡　頭撫でてください」

「甘えん坊さんだな～。よしよし」

誰もがすぐに好きになっちゃうような、最高の女の子なのだから。

そう、それはたとえ妹だったとしても。

わずか1ヶ月にして、涼香は冬華をも攻略してしまったのだ。

思わぬ形で俺と涼香のイチャイチャを邪魔し始めた冬華を、俺は睨むのであった。

第8話　変わり始めた男

「涼香の周りにいる男どもを消す方法って、あると思うか？」

俺は冬華に真面目な相談をしたが、お前は何を言っているんだと言わんばかりだ。

興味なさそうな冬華は俺の言うことを完全に無視、スマホいじりを再開した。

いや、酷い。なんて、酷い義妹なのだろう。

「で、どうすれば、涼香に男の人が寄って来ないと思う？」

「……いや、私に聞かれても」

「女のお前さえ、簡単に虜にしちゃうんだぞ？　これが、焦らずにいられるか？」

「言われてみればそれはそうですね。私ってお姉ちゃんのこと、今は超大好きですからね」

「ああ、変な悪い虫が勝手に恋して、勝手に舞い上がって、涼香になんかあったら、最悪だろ？」

「一理あります。可愛いお姉ちゃんが傷つけられるのは嫌ですね」

「……で、何か思いついたか？　涼香の自由を損なわずして、周りの男を排除する方法を」

「いえ、それはないと思いますね」

「だよなあ……」

答えはない。だから、愚痴るついでに冬華に聞いていただけである。

さっきからずっと、スマホに夢中な冬華。何を見ているのだろうと思い、ちょっと覗き込んでしまった。

「へー、自転車欲しいのか？」

「あ、はい。スーパーへのお買い物に行くために欲しいな～って」

「買ってやろうか？」

「じゃあ、買ってください！　貰っているお小遣いから出そうと思ってたので、できるだけ安くて良さそうなのを探してたんですよ！」

「ああ、わかった。てか、俺達が家政婦代としてあげてる5万円は何に使ってるんだ？」

俺は冬華にあげたお金が、どこに消えているのか気になった。

「服、おしゃれ、あとは貯金です。漫画、アニメ、音楽も楽しんでますが、大体お姉ちゃんに話したら『え、私持ってるよ？』って感じで貸してくれるので」

「貯金をしてるなんて堅実だな」

「いえいえ、そうでもないですって」

冬華 Side

私と裕樹くんは自転車を販売しているお店に来ました。

そう、スーパーに通うのに便利なママチャリを手に入れにきたわけです。

ちなみに、お姉ちゃんは友達とお勉強会とのことで、今日はいません。

はあ……。裕樹くんじゃなくて、お姉ちゃんと一緒に買いにきたかったです。

「あれ？　裕樹くん、そっちはママチャリコーナーじゃないですよ？」

「そろそろギプスも外れるし、体を動かそうと思ってな。どうせ体を動かすなら、楽しく動かしたいだろ？」

裕樹くんが目を惹かれていたのは、ママチャリではなくロードバイク。

どうやら、文化祭での出来事は効き目があったようですね。

別にほしいわけじゃ……と乗り気じゃなかったのに、今は欲しそうな目をしています。

「な、なあ、これはダメだと思うか？」

「どれです？」

裕樹くんが恐る恐る私に見せてきた自転車。そのお値段、なんと30万円！

軽い素材であるカーボンでできてるから、こんなに高いらしいです。

「買っても……いいと思いますよ」

「だよな？」

「はい、ただまあ。いえ、何でもないです」

私の勘違いでしょう。裕樹くんは、お姉ちゃんと違って、しっかりしているのですから。

なんて、ことを思っていた3日後。

「こんな軽いのに、これで本当に走れるのか？」

カーボンで作られた軽いロードバイクを、嬉しそうに触っている裕樹くん。

右腕が治っていないのに、先に30万もする自転車を買ってしまったのです。

買ってもいいと思いますよ？　とは言いましたが、まさか右腕が治る前に買うとは思いませんでしたよ。普通、治ってから買いますよね？

「良かったですね」

とはいえ、久しぶりに何かに興味を持ち、キラキラしている目をしているので、叱るに叱れませんでした。

「ん、ああ。これで、右腕が治るのがもっと楽しみになった」

さらに、3日後。

裕樹くんのロードバイクに対する情熱は大きくなっていました。

「サイクルウェアをいきなり3着って買い過ぎじゃないですか？」

裕樹くんはロードバイクに乗る際に着るためのウェアを購入。

しかも、そこそこいいお値段のを3着です。

この時点で私は確信しました。

予言しましょう、3日後には、裕樹くんは違うサイクリング用品を買います。

と思っていたのですが、予言は外れました。

3日後ではなく、2日後でした。

「給水用のペットボトル3本、サイクルウェアに似合うリュック。さらには、ロードバイク用のホイール……」

ホイールとは簡単に言えば、タイヤ。

今回買ったのはディープリムホイール？　だそうです。なんか、速いらしいです。

ちなみに、私は値段を見て仰天しました。

そうして、私は裕樹くんに教えてあげることにします。

「裕樹くん、もうちょっとお買い物は慎重にしませんか？」

「え？　いやいや、このくらいは痛くもないだろ」

裕樹くんのわかっていない顔。

それを見て、私は気が付きます。

「お金って怖いですね」

大金というものは、簡単に人をぶっ壊す。

私は裕樹くんをロードバイクが鎮座するガレージ内で正座させ、説教を始めました。

♡♡♡

「反省しましたか？」

「まあな」

冬華からお説教された。

内容は、金遣いが荒いというか、もうちょっと考えて使えと。

考えなしに、ポンポンと買い過ぎだというものだ。

夏休みに俺が涼香にしたお説教と全く同じ内容である。

「はあ……。まあ、私であれば大惨事ですが、裕樹くんからしてみれば使ってる金額はまだ少ないので、そこまで大きな心配はないでしょうけどね」

これまた、既視感がある発言だな……。

「でも、右腕が治ってもないのを無視。バイクと色々な用品を買うのはさすがに駄目でした」

「わかればいいんです。わかれば」

「本当に、すみませんでした」

「で、どうして急にお金遣いが荒くなったというか、ポンポンと高い買い物をしちゃうようになったんですか？」

「久しぶりにしたい！　って強く思える出来事に巡り合えたからだな」

俺は涼香と違って散財などせず、しっかりと自制できると思っていた。

でもそれは、全然違ったようだ。

ただ単に『これにお金を使いたい！』って思える対象がなかっただけ。

お金を使いたいと強く思える対象を見つけてしまえば、俺も涼香みたいに……。

我慢できない。

「はあ……。やれやれです。さてと、お姉ちゃんを呼びますか」

冬華はロードバイクが置いてあるガレージに涼香を呼んだ。

そう、我が家は6LDK+S庭付きだけでなく、実はちゃんとしたガレージもある。

「ん、どうしたの?」

「お姉ちゃん、サッカー馬鹿の裕樹くんが、新しい趣味を見つけたっぽいですよ」

「え、なになに? まったくも～、俺には趣味がない。したいことがない……、なんて不安そうにしてたくせに～」

俺の変化を喜んで受け止めてくれる涼香。

ああ、ありがとな。お前のおかげで、最近は色々なものに興味を持てるようになった。

心の中でお礼を言ったが、後で口でもちゃんとお礼をしよう。

「で、これが新しく見つけた趣味だそうです」

冬華はロードバイクを涼香の前に置く。

そう、俺の愛車は女性も軽々運べるくらい軽量だ。

「へー、買ったんだ。いくらしたの? 3万円くらい?」

「裕樹くん。正解をどうぞ」

「さ、30万円です」

「まだ一度も跨ったこともないのに、このホイールも買ったそうです」

「裕樹、値段は？」

「に、20万円です……」

「ふーーーーーーーーーーーーーん。そっか♪」

涼香の顔は笑っているが、瞳の奥には何かどす黒いものが溢れている気がする。

気まずさのあまりニコッと笑ってみるも、効果なし。

焼け石に水どころか、火に油を注ぐような行為だったようだ。

「ねえねえ、私には買い物するときは、もうちょっと考えろって言わなかったっけ？」

「い、言いました」

「まだ、一度も乗ってない30万円の自転車に、20万円も追加しちゃったんだ。で、この20万円って、絶対に必要なのかな？」

「へ、平坦な道を速く走るために……」

「うんうん。それは楽しそうだね。で、速く走るって言ってるけど、ロードバイクで道を走ったことは？」

「……ないです」

「この腕だもんね？」

涼香は俺のギプスをツンツンと触ってきた。

「すみませんでした」

「うん、謝るのは偉い。でもさ、これぱっかりは怒っちゃうかな。だって、私には厳しくて、自分には甘いなんて許せないじゃん。ね～、冬華」

「そうですね。私なら、絶対に許しません」

くっ、冬華め。

家のことをやってくれる対価としてあげているお小遣いを減らすぞ？

自分は関係ないからといって、楽しそうにしやがって……。

っと、いけない。いけない。俺が悪いんだから、冬華に八つ当たりはよくないよな。

「で、誠意はどう見せてくれるのかな？」

「何をしたら許してくれるんだ？」

「敬語は？」

「どのようにすれば許していただけるのでしょうか？」

敬語で俺は涼香に許しを請う。

「文化祭のとき、裕樹はチャイナドレスを着てなかったじゃん？」

そう、俺は右腕のギプスのせいで、実はしれっと着るのを免れていたのである。

ああ、なるほど。ちゃんと私に着て見せろってことか。

よし、あんまり大したことはなさそうだ。

「すね毛剃って、腕毛剃って、メイクもありだからね」

「……そこまではちょっと」

「何か言った？」

涼香にしては低い声が飛んできた。

あまりの怖さに俺の背筋がピンと伸びる。

「いえ、なんでもないです！」

「うん。じゃ、許してあげる。良かったね、私が優しくて」

「ありがとうございます」

よ、良かった。

俺が安堵した瞬間を見計らったかのように、涼香は続けて言った。

「裕樹のお母さんには言うけどね」

「すみません。マジですみません。俺の母さん、ママチャリで十分でしょ、たかが自転車に大金を使うのもね……って感じでロードバイクのことを理解できないタイプの人間なので、超怒られるのでやめてください！」

ペコペコと涼香に頭を下げて謝った。

でも、今回ばかりは本当に、お怒りのようでお許しは出ない。

「ダメだよ？　裕樹だって、私が歯止め利かなくなりそうになっていたとき、私のお母さんに連絡したでしょ？」

「……はい」

「んじゃ、諦めよっか」

涼香は容赦なく、俺の母さんに電話を掛けた。

で、俺が自転車に大金を使ったのを知った母さんから死刑宣告を受ける。

涼香ちゃんの目の前で叱るところは見せたくないから、実家に帰って来いとのこと。

実家に帰ると、待ち受けていた母さんに、俺はこってりと絞られた。

こうして、俺はまた一つ大人になれた……気がする。

第９話　ノーパン、ノーブラ⁉

とある日の夜。

冬華と話したいことがあったので、俺は冬華の部屋へ向かった。

「入るぞ〜」

そう言って、部屋のドアを開けるとそこには……。

パンツとブラを脱ぎ裸で、セクシーなチャイナドレスを手にしている冬華がいた。

「ゆ、裕樹くん⁉　ちょっ、見ないでください！」

「わ、悪い！」

俺はガタンと勢いよくドアを閉めた。

すると、部屋の中から冬華の震えている声が聞こえてくる。

『ゆ、裕樹くんの変態！』

「いや、まさか冬華が着替えてると思ってなかったわけで……」

『うぅ……。なんで、裕樹くんに裸を見られなくちゃ……』

「大事なところは見えなかったから安心してくれ。でも、あれだ。本当に悪かった」

『事故ですので、別にいいですよ……』

冬華の声は納得してなさそうな感じだが、許して貰えたようだ。

扉越しだが、俺は冬華と話を続ける。

「なんでチャイナドレスに着替えてたんだ？」

『今日の夕食は中華料理にしますねとお姉ちゃんに教えたら、『チャイナドレスで提供してくれたらお小遣いあげちゃう』と言われて抗えなかったんですよ……』

「それにしても、わざわざブラやパンツを脱いでまで着る必要はなくないか？」

『どっちも脱がないと見えちゃうんですよ。スリットからパンツ、胸元の穴からはブラが』

綺麗に着こなすために、パンツとブラを脱いだってわけか。

「あっ……」

俺は文化祭の日のことを思い出す。

冬華を着替えさせずにチャイナドレスのまま、校内を連れ回した。

ちょっと過激な格好であり、恥ずかしそうに歩いていたのを今でも思い出せる。

チャイナドレスを着た冬華は、たまに体をくねらせたり、裾を必死に下に伸ばそうとしていたり、『んっ……』と少し艶めかしい吐息をこぼしていた。

学校の生徒でなかったため、3年2組の人よりもきわどいチャイナドレスを、涼香の手により着せられていた冬華。

スリットも深かったし、胸元も出ていたが……。

ブラもパンツも見えていなかった。


「なあ、冬華よ。何か欲しい物あるか？」

『きゅ、急にどうしたんですか？』

「いや、うん。ただの気まぐれだから気にするな」

『そう言われても……』

俺の態度の変わりように不審そうな声で答える冬華。

そして、俺が文化祭の日の真実に気が付いたことに、冬華も気が付いたらしい。

『……そうですよ。裕樹くんにチャイナドレスで連れ回されたときも、今日みたくノーパン、ノーブラだったんですからね！』

そりゃ嫌われて当然だ。

たかだか、チャイナドレスで校内を連れ回した程度で、なんで俺はこんなに嫌われたんだと思っていたが、それなりの理由がちゃんとあったらしい。

「それにしても、綺麗に着こなすためとはいえ、普通脱ぐか？」

『まあ、普通は脱ぎません。そもそも、私はお姉ちゃんに違うチャイナドレスに変えてくれって、言おうと思ってましたよ』

「じゃあ、何で言わなかったんだよ」

『試しにパンツとブラを脱いだらどうなるかな〜って着てみたら、お姉ちゃんがちょうど迎えに来たんです』

冬華の不貞腐れた感じの声を聞いて、俺は苦笑いしてしまう。

うん、なんとなくわかった。

「で、そのまま、涼香にお店の方に連れて行かれちゃったと」

『ええ、そういうことです……』

「てか、なんで今日もパンツとブラを脱いで、チャイナドレスを着ようとしてたんだ？」

『今日もブラとパンツを穿いたまま着なきゃ、文化祭のとき、ノーパン、ノーブラだったのがバレちゃうじゃないですか』

「あー、確かにな」

『うぅ……。なんで、私がこんな目に遭わなくちゃいけないんですかぁ……』

扉越しにでも、冬華が恥ずかしがっているのがよくわかる。

ふと、背後から気配を感じた俺は後ろを向く。

「ねえねえ、裕樹。冬華の部屋の前で何してるの？」

「ドアを開けたら、チャイナドレスに着替え中の冬華に出くわしちゃってな……」

「で、興奮して顔を真っ赤にしてるって感じかな？」

「ああ、そういうことだ。着替え中の冬華は裸だったからな」

大事な部分は隠れて見えなかったが、明らかに裸だった冬華を見てしまった。

冬華ほど可愛い子の裸を見たら、男として反応せざるを得ない。

「なんで裸なの？」

「チャイナドレスから、ブラとパンツがはみ出るからだってさ」

『ちょっ、裕樹くん⁉ お姉ちゃんにばらさないでくださいよ！』

「えっと、文化祭で渡したカバンの中に入ってなかった？」

あれ？ っとした顔をしている涼香は、扉の奥にいる冬華に聞いた。

『チャイナドレスが入ってたカバンのことですか？』

「そうそう。チャイナドレスを綺麗に着こなすための下着もセットで渡したはずだったんだけど……」

涼香の発言から、ものの数秒後。

冬華は扉からちょこんと赤らめた顔を出した。

「あ、ありました」

涼香はしっかり者だ。下着が見えちゃう問題の解決手段も用意済みだった。

どうやら、冬華はノーパン、ノーブラになる必要はなかったらしい。

涼香は少し笑いながら、冬華にフォローを入れる。

「いい経験しちゃったね」

「普通にあんな経験したくなかったですよぉ……」

冬華は潤んだ瞳で俺達にそう言った。

今日の夕食は酢豚、麻婆豆腐（マーボーどうふ）、シュウマイ、と中華三昧。
なんで、こんなに豪華なのかは、冬華が料理を趣味として楽しんでいるからだ。

ちゃんと材料費は支給しているので、豪勢に色々と作ってくれる日が非常に多い。

さらには、今日は雰囲気もある。

なにせ、冬華が白のチャイナドレス姿なのだから。

ご飯そっちのけで、涼香が冬華に声を掛ける。

「うんうん。チャイナドレスの女の子ってかわいい！　冬華、ポーズ取ってみて？」

「もう、しょうがないですね」

意外とノリノリでポーズを取る冬華。

すんなりと涼香のお願いを聞いてくれる理由は、しっかりとしている。

涼香はちゃんと冬華にご褒美をあげるからだ。

「今度、本格的な中華料理屋行ってみよっか」

「え、本当ですか⁉　楽しみにしてますね！」

涼香は何かをしたら、何かしてくれる。

そりゃあ、すんなり言うことを聞きたくもなるよな。

「なあ、冬華。パンツもブラも見えてないけど、今はどんな下着を着けてるんだ？」

「Tバックとヌーブラですね」

裸とそんなに変わるのだろうか？

疑問に思った俺は涼香に質問してみる。

「結局、ほぼ裸のようなもんじゃないのか？」

「ううん。確かにセクシーだけど、全然防御力が違うよ」

「てか、ヌーブラって？」

「胸に貼るタイプのブラのこと。コスプレしているのに肩紐が見えちゃうのはダサいでしょ？　だから、見えないようにするために買ったやつを冬華にあげた」

「それはそうとして、涼香も冬華も、よく男である俺の前で下着の話ができるな」

「私は別に夫相手だし」

涼香は堂々と別に平気と言い張るも、冬華は違うようだ。

「……え、あっ、そ、そうですね」

冬華は俺に下着について色々と話してしまったのを後悔してか下を向く。

その様子を見て、涼香は目をキラキラとさせていた。

「恥じらう冬華って可愛いよね」

「だな」

普段は気が強いだけあって、恥じらう姿は本当に可愛い。

「そんなに私を可愛い子って感じで見ないでください！」

「えー、だって可愛いもん」

「まったくもう。ところで、二人ともご飯のお代わりはいりますか？」

「いる！」

「俺はもう大丈夫だ。あとは、おかずだけ食べたい」

チャイナドレスを着た冬華に給仕されながら、俺と涼香は夕食を食べ進める。

中華料理を食べている途中、俺はふと思った。

「冬華みたいなセクシーなチャイナドレスを涼香は着ないのか？」

涼香は待ってましたと言わんばかりにニヤリと笑った後、俺の目の前から姿を消す。

数分後。冬華よりもセクシーなチャイナドレスを着た涼香が現れた。

「えへへ、えっちで可愛いでしょ？」

涼香が着ているチャイナドレスは冬華のよりも、さらにセクシー。

色は赤。胸元には大きな穴が開いていて、スリットはかなり深い。

文化祭で着たら絶対に怒られること間違いなしである。

「あ、ああ。可愛いぞ」

「ねえねえ、文化祭当日に男子がやってたメイド喫茶で定番の『美味しくなるおまじない』してあげよっか」

「じゃ、じゃあ……」

「おいしくな～れ、おいしくな～れ、萌え萌えきゅん♡」

冬華が作ってくれた料理に美味しくなるおまじないを掛ける涼香。

その顔はほんのり赤く、ちょっと恥ずかしそうなのが堪らなく男心をくすぐる。

横で一部始終を見ていた冬華が、俺を肘で小突く。

「こんなに良くしてくれるお嫁さんなんて、そういませんよ？」

「知ってる。ほんと、涼香って最高だよな」

「さてと、二人ともご飯中ですよ。遊んでないでさっさと食べてください」

チャイナドレスを身に纏った姉妹と一緒に、俺は中華料理を満喫した。

綺麗に料理を平らげた後、涼香と俺はリビングでくつろいでいる。

涼香はチャイナドレス姿のまま、俺の方に近寄ってきた。

「ここで、裕樹に問題です」

「ん？」

「今の私はパンツを穿いてるでしょうか？」

「冬華みたくパンツのラインが浮かびにくいTバックとかを穿いてるんだろ？」

「ここは家。見られても嫌な人はいないんだよ？」

「……マジで穿いてないのか？」

「問題だって言ったじゃん。で、裕樹はどっちだと思う？」

「穿いてるな。ったく、俺をからかうなって」

「んふふ、じゃあ答え合わせしなくちゃね」

涼香はチャイナドレスの裾を指でつまみ、ぺらりと捲りあげた。

そう、涼香は——

何も穿いていなかった。

「な、なんで穿いてないんだよ！」

「だって、上書きしなくちゃだし」

「何を？」

「事故とはいえ冬華の裸見ちゃったじゃん。なら、私も見せなくちゃダメでしょ？」

事故だが冬華の裸を見てしまった俺。

それに張り合うかのように、涼香は俺に裸というか大事な部分を見せてきた。

裕樹が見ていい体は私のだけ！　そんな風に嫉妬した涼香の可愛らしい行動である。

「て、てか、俺に見られて恥ずかしくないのか？」

「恥ずかしいよ……。でもさ、お風呂で裕樹に私の裸をちゃんと見せちゃったからね」

一度経験したことは、容易になりやすい。

何事も練習や経験を積めば積むほど、上手くなるし慣れていくのだ。

恥じらう涼香も男として良かったが、今のちょっぴり恥ずかしそうに、恥部を見せつけてくる涼香も悪くはない。

いいや、堪らない。

目の前にいる子を襲いたくてしょうがない俺に、涼香の攻めは続く。

「第二問。下は穿いてないけど、上はどうだと思う？」

「何もつけてない……と思う」

「正解。で、どうする？」

いじらしい顔で俺を煽る涼香。ごくりと生唾を飲み黙りこくる俺。

沈黙は肯定と受け取った涼香は、胸元をはだけさせる。

チャイナドレスから零れ出る大きな胸を見て、俺は口にしてしまう。

「絆創膏……」

そう、胸の先端には大き目の絆創膏が貼られていた。

「服が擦れると痛いからね」

「……お、おう」

なんだか恥ずかしくて、胸を曝け出している涼香をマジマジと見ていられない。

そして、涼香は照れくさそうに俺にとんでもないことを言ってきた。

「絆創膏。は、剝がしてみる？」

「お、俺に触られるのが怖くないのか？」

今の俺は、凄くエッチな目をしていると思う。

涼香はそんな目をした俺に触られるのが怖くて逃げることが多い。

今日もどうせ、すんでのところでお預けされるのだろうと思っていたら……。

「えへへ……」

怖くないよと言わんばかりに、涼香は照れくさそうに笑っている。

涼香は絆創膏が貼られた胸を俺の前に突き出して、小さな声で俺に言う。

「や、優しく剝がしてね？」

ドクンドクンと血の巡りが速くなった。

俺は恐る恐る涼香の胸に貼られた絆創膏に手を伸ばす。

男としてこんなの見過ごせるわけがないのだから。

って、待った。


「あ、気が付きました？」

お風呂上がりの冬華がニヤニヤとした顔をしながら、俺と涼香を見ていたのだ。

さーっと血の気が引く。

さすがに他人に乳繰り合う姿を見せる趣味は俺にはないのだから。

「い、いつから見てたんだ？」

俺の問いに、冬華は惚けた顔をした。

「さあ、いつからでしょうね？」

俺と涼香は気まずさのあまり、冬華の元からそそくさと退散するのであった。

第10話（激しめな）ファーストキス

冬華にとんでもない所を目撃された俺と涼香。

恥ずかしさのあまり逃げ込んだ先の寝室で、照れた感じで笑いあう。

「んふふっ。何してるんだろうね。私達って」

「ああ、まったくだよ」

「ねえねえ、裕樹。ここなら冬華もいないよ？」

涼香はもじもじとしながら、俺に迫ってきた。

だがしかし、俺はふと我に返る。

「まだ、キスすらしてないんだよなあ……」

さっきのあれは、凄くいかがわしかった。

キスをしたことのない二人がするとは思えないほどに。

ロマンチックなことが大好きな、うら若き乙女である涼香。

キスよりも先に、もっとエッチなことをするのには抵抗がないのだろうか？
不思議に思っていたときであった。
「キスの件だけど、裕樹に謝らないといけないことがあるんだよね……」
涼香は気まずそうな顔をしている。
なにを謝らなくちゃいけないいんだ？
ま、まさか、この流れは……。
涼香は俺以外の誰かとすでに、キスをしちゃったことが、あ、あるのか？
冷汗が止まらない中、涼香は頬をかきながら告げる。

「寝てる裕樹にキスしちゃった。てへ？」

あざとさを振りまく涼香から、衝撃的な発言が飛び出てきた。
驚きのあまり、俺は言葉を失ってしまう。
でも、まあ、よく考えたら全然おかしくないか。
俺にごめんね？　と申し訳なさそうにしている、このお嫁さんは……。
寝ている俺に色々と悪戯をしちゃうような悪い子なのだから。

「俺の純情を返してくれ」

やっぱり、俺のお嫁さんは変態かもしれない。

エッチな目をしている俺に触られるのは怖いとか言って、俺の手は避ける癖に……。

ちゃっかり、自分は色々としちゃっている。

「愛ゆえにだもん。裕樹の唇が魅力的で我慢できなかったんだから、しょうがないじゃん」

「お前なあ……。俺、思い出に残るファーストキスの計画をちゃんと考えてたんだぞ？」

「え、そうだったの⁉ てっきり、音沙汰なしだから忘れちゃったのかな～って」

「そりゃ、タイミングを見計らってただけだし」

「くっ、寝てる裕樹にキスをしちゃったこと、正直に言わなきゃ良かったかも……」

悔しがる涼香を見て、俺はくすっと笑う。

ったく、しょうがないな。

「今度、フレンチを食べに行かないか？」

「え、それって……つまりそういうことだよね？」

「ああ、せっかく立てた計画を無駄にしたくないからな」

「わーい、裕樹のこと大好き！」

テンション高めな涼香が俺に抱き着いてきた。

そして、俺に甘く囁いてくる。

「ファーストキスのパターンBは、まだちゃんと取ってあるからね？」

「ぱ、パターンBって？」

「それは当日のお楽しみだよ♪」


「って、ああ！！！」

俺はとあることに気が付いて、大きな声を出してしまった。

「な、なに、急に……」

「いや、夫婦の仲を進展させるのなら、裸を見せるよりも、キスをする方が先じゃって、ずっと思ってたんだよ」

「えへへ……。すでにキスはしちゃってたからね」

「なんか、変だなと思ってたんだよなあ……」

涼香は俺の知らぬ間にキスを済ませていた。

だから、俺との距離を縮める際にキスではなくて——

裸を見せてきたり、胸を触らせてくれようとしたわけか。

♡♡♡

今日は、涼香とフレンチを食べに行く日。

ドレスコードのあるお店なので、俺と涼香は今日のために買った服に着替える。

俺はネイビーのジャケットに、シンプルなグレーのパンツ。

涼香は上品な黒色のワンピース。

レストランにちゃんと相応(ふさわ)しい装(よそお)いで、俺と涼香は家を出た。

「いらっしゃいませ」

お店に辿(たど)り着き、席に案内される。

初めてドレスコードのあるお店に入ったからか、なんだか落ち着かない。

「き、緊張するな」

「う、うん」

二人でそわそわしているのも束(つか)の間、ウェイトレスがテーブルに料理を運んできた。

「お待たせいたしました。こちら、野菜のテリーヌでございます」

俺達の前に置かれた料理の見た目は、とても綺麗だ。

オクラ、トマト、黄色パプリカなど、彩り豊かな野菜がゼリーで固められている。

「わー、綺麗……」

「ああ、こんな綺麗な料理は初めて見た」

見た目を楽しんだ後、野菜のテリーヌを口に運ぶ。

一口噛むと、野菜が持つ甘みが口いっぱいに広がった。

え、なにこれ？　ほ、本当にこれって野菜なの……か？

こんなにも野菜が美味しいと思えたのは初めてかもしれない。

俺はこの感動を共有したくなった。

いつもより大人っぽい雰囲気を醸し出している涼香に話しかける。

「野菜ってこんなに美味しかったっけ？」

「うん。すっごく美味しいね！」

それから、俺と涼香は楽しい時間を過ごした。

♡♡♡

フレンチのコースを満喫した俺と涼香は、店員さんに見送られて店の外に出た。

今日は雲もなく、キラキラと星の輝きがハッキリと見える。

俺は涼香の手を握った。

「今日は積極的じゃん」

「まあな。ところでさ、帰る前にちょっと寄り道しないか?」

「うん、いいよ」

俺が涼香を連れて行った場所は――


大きな観覧車。


1周するのに、大体15分くらいかかる大き目なやつだ。

それに俺と涼香は乗り込んだ。

どんどん小さくなっていく街並みを眺めながら、俺は横に座っている涼香に声を掛けた。

「今日はどうだ?」

「ドキドキしっぱなしだね。しかも、これから裕樹に……きゃっ♪」

これから俺にされることを想像した涼香は嬉しそうだ。

俺達が乗っている観覧車の高度はどんどん高くなる。
今、俺と涼香の間を邪魔する者は誰もいない。
俺は何も言わず、黒のワンピースを着た涼香との距離を詰めた。
「んっ……」
涼香は小さく吐息を溢しながら目を閉じた。
顔が熱くて心臓がうるさい。
観覧車の高度が頂点に達したと同時に俺は――
涼香にキスをした。

恥ずかしくて顔から火が出そうだが、今までにないくらい幸せな気分。
いつまでも、ずっとこうしていたいけど、そうはいかない。
俺がそっと涼香から離れようとしたときであった。
涼香が勢いよく、俺の口の中に舌を入れてきた。
「んっ……ちゅ、ん、ふ、んっ……んん、んっっ……」
涼香の舌と俺の舌は絡み合う。

ぐちゅぐちゅといやらしい音を立てながら、俺と涼香は深く繋がっていく。

呼吸するのが辛くなるまで、それは激しく続いた。

「はあ……、はあ……。おまっ、おまえなあ……」

「えへへ、激しいキス……。は、初めてしちゃったね？」

涼香はもの欲しそうな上目遣いで俺を見ている。

観覧車が地上に着くまで、あと数分。

俺と涼香は何度も何度もキスをした。

エピローグ

ちょっとした用事を済ませ、俺は涼香と住んでいる家に帰ってきた。

いつも通りに玄関を開け、リビングに入ったのはいいのだが……。

「ただいま……。って、大丈夫か？」

上はブラウス、下は長めのフレアスカートを穿いていて、今日も可愛いお嫁さんが、うつ伏せで倒れていた。

何が何だかよくわからずに、その場で戸惑うしかない俺。

すると、涼香は俺に説明してくれた。

「死んだふりをしてるだけだよ」

「なんで？」

「したくなったから」

怪しすぎる涼香の言動。

俺は涼香がリビングの床でうつ伏せに寝ている理由を、少し考えてみた。

「あ、わかった。うつ伏せになっている体の下に何かを隠してるだろ」

涼香の性格からしてみると、そんな気がした。

するとまあ、あからさまに上ずった声で涼香は俺に言う。

「べ、別に？」

「いきなり俺が帰ってきた。で、見られたくない物をどこに隠そうか悩んだ結果、うつ伏せになり、その下に隠したってことか」

「ち、ちがうけどお？」

「なら、今すぐに死んだふりをやめて、生き返ってくれてもいいよな？」

「死人はそう簡単に生き返らないから……」

俺の予想通りかもしれない。それにしても、隠したい物が何なのか気になるな。

とはいえ、涼香が嫌がることはあんまりしたくないからなあ……。

「そんなに見せたくないならしょうがない。ほら、ちょっと外に出てるから、その間に隠すなり捨てるなりしていいぞ」

ここは男の見せどころ。

優しい対応をしてみたら、涼香はというと。

「……見たくないの？」

うつ伏せに倒れる涼香は、もの欲しそうな顔で俺の方を見てきた。

見られたくないんだか、見られたいんだか、どっちなんだか。

「いや、見られたくないんだろ？」

「ううん。見せたくないというか、恥ずかしいというか、心の準備ができてないというか、なんというか……」

口をもごもごとさせ、一向に結論を出そうとしない。

そんな涼香を尻目に、俺は何を隠したのか、ヒントがないかあたりを見渡す。

するとまあ、ご丁寧にもちょっと離れた位置に隠した物？が梱包されていたかもしれない梱包材を見つけた。

送り状が付いているので、そこに書かれた品名を俺は口にした。

「衣類？」

「ちょ、ちょっ！」

俺が衣類と読み上げたと同時に、涼香は慌てて立ち上がる。

そして、露わになる秘密。

俺はそれをマジマジと見ながら、気まずさで頬をかく。

「な、なるほどな」

　ボタンが全開のブラウスから、大胆な赤色をした勝負下着が見えている。

　試着中に俺がいきなり帰って来て、慌てて着替えようとしたが間に合わず、うつ伏せになっていたって感じだろうな。

「おニューの勝負下着が想像以上にエッチ過ぎて裕樹に見られたら、ちょっと引かれるかな～って心配してたんだけど……。ど、どう？」

　涼香は少し伏し目がちになり、時々、俺の顔をちらっと可愛く見てくる。

　改めて、俺は涼香が着けている下着に目を向けた。

　色は赤。布面積は小さい。そして、透け透けである。

　エロではなく、どエロい。

　これは人によっては引いてしまうかもしれないくらい、スケベかもしれないが……。

　ごくりと生唾を飲み込んで、不安そうにしている涼香に答えた。

「わ、悪くないと思う」

「は～、良かった。いや、これはさすがに下品すぎる！　って言われたら、嫌だったからね」

「……いや、でも、その。なんで、急に勝負下着を買ったんだ？」

「気が向いただけで、何も知らないよ？」

きょとんと惚ける涼香。

その視線はリビングにあるカレンダーの方へ向いていた。

こころなしか、○がついている10月26日を見ている気がする。

今から、約1週間後の10月26日に○がついているのは大事な日だから。

かなり大事な日であり、忘れてはいけないので○がついている。


そう、右腕のギプスが取れる日だ。


怪我のせいで、未だに拗らせている涼香との夜の関係。

つまり、涼香は……。来るべきその日に向け、入念な準備をしているということである。

俺はごくりと息を飲む。

先ほど、見てしまった男なら誰しも興奮する下着を身に纏う涼香を想像して、なんというか、ここまで耐えてきたのに、今すぐにでもという気持ちが強まっていく。

涼香から少し目を逸らし、俺は変なことを口走る。

「あの日がくるまで、絶対に手を出さないからな……」

「ふーん」

「な、なんだよ。その、まるで可愛いものを見ているような顔は」

「我慢してる裕樹って、可愛いんだもん」

ずっとだ。ずっと我慢し続けている俺。

涼香は襲ってもいいよ？　と俺に許可を出してくれている。

きっと、右腕のギプスさえなければ、今すぐにでも俺は涼香を襲っていただろう。

今もなお、俺にとって毒な光景が目の前に広がっている中、涼香は目を爛々と輝かせながら、色白い手で俺の頬に触れる。

「その顔、もっと見たいな。今だけしか見られないかもだし」

「え、あ、え？　ま、まさか……」

「もっと意地悪したくなっちゃった」

小悪魔っぽく悪戯じみた笑みを浮かべる涼香は、ブラウスの前を全開にして、煽情的な赤いブラを纏う大きな胸を俺に見せつけてきた。

「お、俺は男だ。お前なんかに屈してたまるもんか……」

せっかく我慢してきたんだ。俺は最後まで耐え抜いてみせる！！

俺の勝利条件はただ一つ。

1週間後まで、涼香の誘惑を耐え抜くことだ。

夕食後。俺と涼香の前で冬華はいきなりこんなことを言い出した。

「実家に帰らせていただきますね。帰るのは1週間後です。なお、帰ってきたら、受験生である裕樹くんとお姉ちゃんをビシバシと厳しくするのでお忘れなく」

冬華はいきなり実家へ帰るそうだ。

理由はわからない。ただ、何故か冬華の財布はパンパンに膨らんでいた。

我が家の見張り役は、見張り役を放棄して嬉しそうに小走りで家を出ていった。

「おい、冬華を買収したな？」

「えへへ。金握らせれば、ちょちょいのちょいだね」

家には冬華もいる。覗かれたり、声を聞かれたり、邪魔されたり、そんな不安があった。

まあ、それを思えば、涼香の誘惑くらい簡単に耐えられると俺は思っていた。

「……やられた」

最近は勉強しろと言い続ける冷酷無比な機械かのような、厄介義妹の冬華。

それを追い出したのは、きっと……。


「久しぶりに二人っきりだね？」


俺の理性を崩壊させるためだ。

冬華に邪魔されるという不安を排除して、より一層と俺が手を出す確率をあげたわけだ。

絶対に治るまで我慢したい俺と、治るまでに手を出させたい涼香。

馬鹿らしい勝負だが、これほどまでに血湧き肉躍る戦いはそうそうない。

もちろん、俺も涼香と同じで秘策を用意している。

「最近気が付いたけど、俺は結構ガチ目なコスプレ好きだ。あ、見る方な。だから、これからも、たくさんしてくれると嬉しい」

ニタニタと気持ち悪い顔で、俺は涼香に言った。ドン引きされることで、こんな男とエッチなことしたくない！　と遠ざかって貰おうって算段だ。

「知ってるけど」

「え？」

「いやいや、さすがに私も裕樹がコスチュームプレイ好きなんだな～ってのは、ホテルでコスプレさせられたときから、気づいてるからね？　もしかして、今まで自覚なし？」

「俺をからかうなって」

「こいつ、好きな子にコスプレして貰うの好きだな～ってずっと思ってたよ？」

「あ、ああ……」

めっちゃ恥ずかしい。

つい最近自覚したけど、俺ってもしかしてずっと前から、コスプレ好きだったのか？

「あはははは、もう馬鹿だな～」

「わ、笑うなって」

「え～、面白いから笑わずにはいられないね。さてと、そろそろ勉強しよっか」

あ、見張りの冬華がいなくなっても、普通に勉強はするのか。

てっきり、サボるために冬華を追い出したと思ってたんだけどな……。

なんて、思っていた俺が馬鹿だった。

俺が勉強を始めると、涼香が俺の部屋に女教師のコスプレをしてやって来た。

上は白のシャツに、下は黒の短めのスカート。

そして、いかにもな黒縁の伊達眼鏡をしている。

「裕樹君。今日も先生と一緒に勉強を頑張りましょうね？」

しかも、ロールプレイのおまけ付き。

で、涼香は俺の隣に鎮座し一緒に勉強をする。

「ふぅ、暑くなっちゃった」

現在の室温19度。少し肌寒いというのに、涼香はシャツのボタンを外していく。数個だけボタンは外され、ちらりと下着が見えるようになる。

気になってしょうがない。

数学の問題を解いては、たまに胸の方をチラッと見ては、また解くの繰り返しだ。

「ふふっ。裕樹君。先生のどこを見てるのかな？」

「い、いや、どこも見てませんけど？」

「もう、イケない子ね。そんなウソをつくなんて」

大人の女性を演じ、蠱惑的な笑みを浮かべ、俺の胸を優しく撫でてくる。

くっ、もうやだ。このお嫁さん。

どんだけ、俺に手を出して貰いたいんだよ……。

よし、こうなったら俺は切り札を切ろう。

涼香を辱めて、恥ずかしさのあまり、俺の目の前にいられなくさせてやる。

「なあ、涼香。お前さ、俺のパンツの匂い嗅いでるだろ」

「どどどど、どうして、それを⁉」

女教師の演技は吹っ飛び、わかりやすく動揺しだした涼香。

ふっ、これで恥ずかしさのあまり、俺の元から逃げていくな。

勝ちを確信した俺は、涼香をどんどん追い詰めていく。

「朝。洗濯機」

この二つの単語だけでも、涼香が俺の言うことを信じるには十分だろう。

「うううう……」

顔を真っ赤にして、涼香は唸りながら俺を睨んでいる。

もうちょっとで、俺の完勝。涼香は恥ずかしさのあまり、逃げていくだろう。

ここは手を緩めないで攻めに回るときだ。

「しかも、よだれまで垂らしてたな」

俺の言葉を聞き、涼香はとうとう唸りすらしなくなる。

「まあ、俺はお嫁さんがちょっと変態だろうが、別に気にしないけどな」

別にドン引きはしてないよと伝えた。
ここで、変態！　信じられない、受け止められるか！　なんて酷いことは言えない。
だって、それをしたら涼香が傷つくし。
でも、ニヤニヤと涼香を見つめて様子は楽しむけどな？
「くっっ！」
涼香は耐え切れず、俺から逃げていった。
見事なまでの勝利。
これで、当面の間は恥ずかしくて俺に迫ってくることはないだろう。

♡♡♡

冬華が帰省し、久しぶりの二人きりの夜。
無事、誘惑してくる涼香を部屋から追い出した俺は、清々しい気分で勉強をした。
っと、そろそろいい時間だな。
お風呂に入り、体もぽかぽかになった俺は眠る準備を済ませ、寝室へ。
ベッドの上にはお嫁さんがそっぽを向いて、すでに寝ていた。

「拗ねてるのか？」

「ふんっ！」

「おやすみ、涼香」

「……おやすみ」

あ、ご機嫌斜めでも寝る前の挨拶は言ってくれるんだな。

明日はどんな日になるのだろう。俺はそう思いながら目を閉じた。

何も見えなくなったとほぼ同時に、涼香は小さな声で俺に語り掛けてきた。

「最近の私って裕樹は好き？」

「どういうことだ？」

「結婚したばかりのときと、今の私って全然違うから……」

俺の使用済みパンツの匂いを嗅いでよだれを垂らす。

男の子の手フェチに目覚め、俺の指を舐めたりしゃぶったりする。

コスプレに目覚め、衣装を着たり集めたりし始めた。

裸を見せてくれるようになった。

俺に体をエッチな風に触られるのが苦手だったが、克服した。

「言われてみれば、涼香って意外と変わったんだな……」

何気ない平坦な日常が最近はずっと続いていた。

でも、ちゃんと振り返ってみると、色々と変化している。

「改めて聞くけど、今の私のこと好き？」

「好きだな。今の涼香も、昔の涼香も、未来の涼香も、俺は好きだと言える自信がある」

「えへへ、そっか。ちなみに理由は？」

「全然変わってないところだな」

「えー、変わってるって」

「いいや、優しく包み込んでくれるところは変わってない」

辛そうにしていたら、優しさで包んでくれる。

つい最近、辛い目に遭った冬華を慰める涼香の姿。

それは、サッカー部で辛い目に遭った俺を慰めてくれたときと全く同じだった。

涼香は変わってきているが――

俺が好きな『優しい』ところは全然変わってない。

これでもかというほどの優しさで包んでくれる天使のような子である。

「私って、そんなに優しい？」

「超優しいと思う。特に親しい相手に対しては甘々だな」

「なんか、そう言われると照れくさいや。ねえねえ、裕樹は今の私のこと好きなんだよね？」

「ああ、好きだぞ」

「パンツの匂い嗅いじゃう子でもＯＫってことだよね？」

「お、おう？」

しんみりとした話をしていたのに、なんだか空気が変わってきた。

涼香が急にゴソゴソと動き出す。

何をしてるんだ？

そう思って目を開けると、据わった目をしている涼香が俺の下腹部あたりにいた。

「もう、パンツの匂いを隠れながら嗅ぐ必要はないよね？」

「ちょっ⁉」

俺の下腹部あたりに涼香は顔を突っ込んできた。

痛いくらいにぐりぐりと突っ込んでくる。

彼女の頬は緩み切っており、口の端からはよだれが垂れている。

「うへへへ……。じゅるり。裕樹が穿いたままのは温かさもあって、また違っていいね！」

俺のパンツの匂いを嗅いでいることがバレていると知った結果、ある種怖いものになったお嫁さん。

そんな彼女はひたすらに、俺の下腹部に顔を突っ込んでくる。

ちょ、よだれが染みてきたんだが⁉

別に逃げる必要もないが、俺はなんとなく身をよじらせ涼香から逃げようとする。

そしたら、涼香は俺の体に強く抱き着いてきた。

「んふふ、逃がさないよ♪」

あとがき

お久しぶりです。どうも、作者のくろいです。

ラブコメブーム真っ只中、無事に2巻を出せたのは皆様の応援のおかげです。

2巻は、裕樹君と涼香ちゃんのイチャイチャと仲良く過ごす日々をたくさん描きながら、二人の仲をどんどんと近づけていく、といったコンセプトのもと執筆しました。

そんな1巻よりも一層とイチャイチャ度合いが上がった2巻ですが、涼香ちゃんの妹である冬華ちゃんが本格的に登場し、随分と賑やかになってきましたね。

メインヒロインである涼香ちゃんが可愛いのは当たり前ですが……。

冬華ちゃんも可愛いですよね？

基本は真面目な性格ですが、鬱憤を晴らすために二人へ些細な嫌がらせをしようとしたり、お金で簡単に買収されてしまったりと、お固すぎないところが個人的に大好きです。

内面もさることながら、あゆま紗由先生の描くイラストも最高ですよね。

本当に感謝しております！

涼香ちゃんと同じように、冬華ちゃんも数多くの方に愛される子になってくれたら幸いです。冬華ちゃんについてたくさん語りたいのですが、あとがきのページ数も限られていますので、このくらいで失礼します。

さて、お次は涼香ちゃんについて話をさせてください。

サキュバス、チャイナドレス、家庭教師といった色々な格好をしてくれた涼香ちゃんですが、2巻ではさらに変態かもしれないという疑惑が深まりました。

個人的にはギリギリ疑惑レベルでは？ と思っているのですが、読者の皆様にはどう思われているのか非常に気になるところです。

愛ゆえにと言い、エスカレートしていく涼香ちゃん。

続きが出せるとしたら、どうなることやら……。

最後にこの場を借りて、お礼をさせてください。

編集のS様、今回も色々とお世話になりました。あゆま紗由先生、1巻に引き続き、可愛い涼香ちゃんのイラストを描いてくださり、ありがとうございます。

他にもこの作品に携わってくださった色々な方々、本当にありがとうございました！

くろい

俺のお嫁さん、変態かもしれない2

—結婚してみた幼馴染、
慣れれば慣れるほどアブナさが増していくようです—

令和4年3月20日　初版発行

著者——くろい

発行者——青柳昌行

発　行——株式会社KADOKAWA
〒102-8177
東京都千代田区富士見2-13-3
0570-002-301（ナビダイヤル）

印刷所——株式会社暁印刷

製本所——本間製本株式会社

※定価はカバーに表示してあります。
●お問い合わせ
https://www.kadokawa.co.jp/（「お問い合わせ」へお進みください）
※内容によっては、お答えできない場合があります。
※サポートは日本国内のみとさせていただきます。
※Japanese text only

ISBN978-4-04-074474-2 C0193　◇◇◇